A *garota* DO CALENDÁRIO

JANEIRO

Audrey Carlan

A *garota* do CALENDÁRIO

JANEIRO

Tradução
Andréia Barboza

13ª edição

Rio de Janeiro-RJ / São Paulo-SP, 2022

VERUS
EDITORA

Editora
Raïssa Castro

Coordenadora editorial
Ana Paula Gomes

Copidesque
Lígia Alves

Revisão
Maria Lúcia A. Maier

Capa, projeto gráfico e diagramação
André S. Tavares da Silva

Foto da capa
© AS Inc/Shutterstock (casal)

Título original
Calendar Girl: January

ISBN: 978-85-7686-506-3

Verus Editora Ltda.
Rua Benedicto Aristides Ribeiro, 41, Jd. Santa Genebra II, Campinas/SP, 13084-753
Fone/Fax: (19) 3249-0001 | www.veruseditora.com.br

CIP-BRASIL. CATALOGAÇÃO NA FONTE
SINDICATO NACIONAL DOS EDITORES DE LIVROS, RJ

C278g

Carlan, Audrey
A garota do calendário : janeiro / Audrey Carlan ; tradução Andréia Barboza. - 13. ed. - Rio de Janeiro, RJ : Verus, 2022.
21 cm. (A garota do calendário ; 1)

Tradução de: Calendar Girl: January
ISBN 978-85-7686-506-3

1. Romance americano. I. Barboza, Andréia. II. Título. III. Série.

16-31073 CDD: 813
CDU: 821.111(73)-3

Revisado conforme o novo acordo ortográfico

Para Ginelle Blanch

Você está comigo desde o início...
Sua leitura beta me salvou inúmeras vezes.
Obrigada por acreditar em mim e em minhas histórias
e por amá-las como eu amo você e suas peças.
Namastê, minha amiga.

1

Amor verdadeiro não existe. Passei anos imaginando que existisse. Na verdade, achei que tivesse encontrado. Quatro vezes, para ser mais exata. Vejamos:

Taylor. Meu namorado do colégio. Ficamos juntos durante todo o ensino médio. Ele era a estrela do time de beisebol. O melhor que a escola já teve. Grande, tinha mais músculos que cérebro e o pinto do tamanho de um amendoim com casca. Provavelmente graças aos esteroides que tomava escondido de mim. Ele me abandonou na noite da formatura. Fugiu com a minha virgindade e a chefe das líderes de torcida. Ouvi dizer que ele largou a faculdade e está trabalhando como mecânico em uma cidadezinha sem nome, com dois filhos e uma mulher que não torce mais por ele.

Depois, teve o assistente do professor na minha turma de introdução à psicologia na Faculdade Comunitária de Las Vegas. Seu nome era Maxwell. Eu achava que ele era o cara. Acontece que ele sapateou em cima do meu coração, porque pegava uma garota de cada turma em que era assistente. Na verdade, ele prestava assistência a peitos e bundas, e sempre tinha muitos deles à disposição. Tudo bem. Ele acabou engravidando duas meninas na mesma época e foi expulso da faculdade por má conduta. Aos dezenove anos, já tinha duas mães na sua cola, exigindo que ele pagasse pensão. Pensando bem, havia algo muito poético nisso. Graças a Deus, sempre exigi que ele usasse camisinha comigo.

Aos vinte, dei um tempo. Passei o ano todo servindo mesas no MGM Grand, na Las Vegas Strip. Foi aí que conheci o afortunado número três, Benny. Só que nem eu nem ele tivemos sorte. Ele contava cartas no pôquer. Na época, dizia que era da área de vendas, rodava os cassinos e adorava jogar. Tivemos um romance que nem foi tão romântico assim. Acho que passei a maior parte do tempo bêbada e debaixo dele, mas, infelizmente, acreditei que ele me amava, já que me dizia isso o tempo todo. Durante dois meses, nós bebemos, nadamos na piscina do hotel e transamos a noite toda em um dos quartos que eu conseguia arrumar com um amigo que trabalhava na limpeza. Eu servia bebidas de graça para esse cara e os amigos dele e, em troca, ele me dava a chave de um quarto na maioria das noites. Funcionava. Até o dia em que não funcionou mais. Benny foi pego contando cartas e desapareceu. No primeiro ano de seu desaparecimento, fiquei desesperada. Então descobri que ele tinha sido espancado quase até a morte. Ele passou um bom tempo no hospital e depois se mandou da cidade, me deixando para trás sem uma palavra.

O último erro foi o que podemos chamar de a gota-d'água. É o motivo pelo qual eu acredito que o amor verdadeiro é uma coisa criada pelas empresas que vendem cartões e por pessoas que escrevem livros sentimentais e roteiros de comédia romântica. Ele se chamava Blaine, mas seu nome deveria ser Lúcifer. Era um executivo de fala mansa. "Executivo" é bondade minha. Na verdade, ele era um agiota. O mesmo que emprestou ao meu pai mais dinheiro do que ele poderia pagar. Primeiro ele mirou em mim, depois no meu pai. Naquela época, eu achava que o nosso amor era de contos de fadas. Blaine me prometeu o mundo e me deu o inferno na Terra.

— É por isso que eu acho que você deve pegar o emprego que a sua tia ofereceu e ver o que acontece. — Minha melhor amiga, Ginelle, mascou seu chiclete de um jeito barulhento do outro lado da linha. Afastei um pouco o telefone da orelha. — É a única solução. De que outra maneira você vai conseguir livrar o seu pai do Blaine e dos capangas dele?

Dei um gole na água fresca, enquanto o sol da Califórnia dividia as gotas em fragmentos de luz salpicados na garrafa.

— Não sei o que fazer, Gin. Não tenho essa grana toda. Não tenho grana nenhuma. — Suspirei, de um jeito alto e dramático demais até para os meus ouvidos.

— Olha, você sempre curtiu se apaixonar...

— Não mais! — lembrei à minha melhor amiga de toda a vida. Eu podia ouvir o barulho de Vegas pelo telefone. As pessoas acham que o deserto é um lugar tranquilo. Não na Strip. Máquinas caça-níquel tilintavam e campainhas soavam constantemente em qualquer lugar em que você estivesse. Não dava para escapar.

— Eu sei, eu sei. — Ela mexeu no telefone, fazendo-o estalar no meu ouvido. — Mas você gosta de sexo, não é?

— Eu não sou uma Barbie, Gin. Por favor, não me faça perguntas idiotas. Estou em uma situação complicada aqui. — Ou melhor, se eu não encontrar um jeito de conseguir um milhão de dólares, meu pai é que estará.

Ginelle gemeu e mascou seu chiclete.

— O que eu quero dizer é que, se você pegar o trabalho de acompanhante, só vai precisar estar sempre bonita e transar muito. Você não fica com ninguém há meses. Poderia muito bem aproveitar a chance, né?

Ginelle era a única pessoa capaz de transformar um trabalho de garota de programa — muito bem pago — no emprego dos sonhos.

— Não estamos no filme *Uma linda mulher*, e eu não sou a Julia Roberts.

Caminhei até minha moto — uma Suzuki GSX-R600 que apelidei de Suzi. Era a única coisa de valor que eu tinha. Passei a perna sobre o banco e coloquei o telefone no viva-voz. Separei meu cabelo, grosso e pesado, em três partes e fiz uma trança.

— Olha, eu sei que você tem boas intenções, mas, sinceramente, não sei o que vou fazer. Não sou uma prostituta. Pelo menos não quero ser. — O simples pensamento fazia meu peito estremecer de pavor. — Mas tenho que pensar em alguma coisa. Preciso ganhar muito dinheiro, e rápido.

— Sim, eu sei. Depois me conta como foi o encontro na Exquisite Acompanhantes de Luxo. Se puder, me ligue à noite. Merda, estou atrasada para o ensaio e ainda tenho que me vestir. — Sua voz soava entrecortada e eu podia imaginá-la correndo pelo cassino para chegar ao trabalho, o telefone colado ao ouvido, sem dar a mínima para quem a observava ou achava que ela era louca. Era isso o que a tornava tão especial. Ela falava as coisas do jeito que eram... sempre. Assim como eu.

Ginelle trabalhava no show burlesco Dainty Dolls, em Vegas. Assim como o nome do espetáculo, minha melhor amiga era pequena e meiga, e sabia exatamente a melhor forma de balançar o traseiro. Homens do mundo todo vinham assistir ao show sensual na Strip. Mesmo assim, ela não ganhava o suficiente para emprestar a mim ou ao meu velho. Não que eu tenha pedido.

— Tá bom. Te amo, sua vaca — falei docemente, enquanto enfiava minha trança dentro da jaqueta de couro, para que ela caísse entre as omoplatas.

— Te amo mais, vadia.

Virei a chave no contato, acelerei e abaixei a viseira do capacete. Enquanto guardava o telefone no bolso interno da jaqueta, coloquei o pé no pedal e saí em alta velocidade, em direção a um futuro que eu não queria, mas não tinha como evitar.

— Mia! Minha querida — minha tia falou, enquanto envolvia os braços finos ao meu redor, me esmagando contra o peito. Para uma mulher franzina, ela era muito forte. Seu cabelo preto estava preso num coque francês elegante. Ela usava uma blusa branca, suave como seda (provavelmente porque era de seda), por dentro de uma saia lápis justa, de couro, e salto agulha altíssimo com solado vermelho. Li maravilhas a respeito daquele sapato quando passei os olhos na última *Vogue*. Ela estava linda. Mais que isso, ela parecia *cara*.

— Tia Millie! É tão bom rever você — comecei a falar quando dois dedos, com unhas muito compridas pintadas de vermelho-sangue, me silenciaram.

Ela estalou a língua.

— Aqui você vai me chamar de sra. Milan. — Revirei os olhos dramaticamente. Ela estreitou os seus. — Boneca, em primeiro lugar, não revire os olhos. Isso é grosseiro e nada feminino.

Ela apertou os lábios.

— Em segundo lugar... — Caminhou ao meu redor, me avaliando como se eu fosse uma obra de arte, uma estátua. Algo frio e impenetrável. Talvez eu fosse. Enquanto me avaliava, abria e fechava um leque preto de renda, batendo-o ocasionalmente na palma da mão. — ... nunca me chame de Millie. Essa mulher se foi há muito tempo. Morreu quando o primeiro homem em quem eu confiei fez picadinho do meu coração e deu para os cachorros comerem.

A imagem era feia, mas tia Millie era extremamente honesta.

— Cabeça para cima. — Bateu na parte de baixo do meu queixo, me obrigando a erguê-lo de imediato. Então repetiu o gesto na base da minha coluna, onde a camiseta justa com estampa de banda não cobria o cós do jeans desbotado que eu adorava, deixando um pouco de pele à mostra.

Instantaneamente endireitei a postura, forçando os peitos para a frente. Seu sorriso de lábios vermelhos se ampliou, exibindo dentes brancos, perfeitamente alinhados. Eram os mais bonitos que o dinheiro podia comprar e uma despesa regular para as mulheres ricas de Los Angeles. Eu não conseguia andar um metro e meio sem encontrar alguém que ia mais ao dentista do que é medicamente necessário, ou ao dermatologista para aplicações mensais de botox. Tia Millie era, obviamente, uma cliente assídua desse tipo de tratamento. Ainda assim, mesmo beirando os cinquenta anos, ela estava, definitivamente, com tudo em cima.

— Bem, você é muito bonita. Mas vai ficar ainda melhor depois que a colocarmos em algo mais apresentável e fizermos o ensaio fotográfico. — Seu rosto se contorceu em uma careta quando ela olhou para minha roupa de motociclista.

Dei um passo para trás e bati numa cadeira de couro logo atrás de mim.

— Ainda não concordei com nada.

Os olhos de Millie se estreitaram novamente.

— Você não disse que precisava de muito dinheiro, e rápido? Por causa do imprestável do meu cunhado, que estava no hospital? Com problemas? — Ela se sentou delicadamente, cruzou as pernas e apoiou os braços, com leveza, no couro branco da cadeira.

Tia Millie nunca gostou do meu pai. O que era uma pena, pois ele fez o melhor que pôde como pai solteiro, especialmente quando a irmã dela — minha mãe — abandonou as duas filhas. Eu tinha dez anos na época. Madison tinha cinco e, desde então, não tem lembrança nenhuma da nossa mãe.

Mordi o lábio e olhei em seus olhos verdes. Éramos tão parecidas. Tirando todas as cirurgias plásticas que ela tinha feito, era como olhar em um espelho, vinte e cinco anos à frente. Seus olhos tinham o mesmo tom de verde, quase amarelo, que as pessoas passaram a minha vida toda elogiando. Verde-ametista, diziam. Como olhar para um diamante verde raro. Nosso cabelo tinha o mesmo tom de preto, tão escuro que, quando exposto à luz, você podia jurar que era azulado.

Ajeitando os ombros contra a desconfortável cadeira, respirei fundo.

— Sim, dessa vez o meu pai se meteu num grande problema com o Blaine. — Millie fechou os olhos e balançou a cabeça. Mordi o lábio, lembrando do meu pai, pálido e magro, com hematomas cobrindo cada centímetro de seu corpo enquanto ele jazia sem vida no hospital. — Ele está em coma. Foi duramente espancado há quatro semanas. Ainda não acordou. Os médicos acham que pode ser devido ao trauma no cérebro, mas ainda vai demorar para saber. Muitos ossos foram quebrados. Ele está com o corpo todo engessado — terminei.

— Jesus Cristo. Selvagens — ela sussurrou e deslizou a mão pelo cabelo, colocando um fio atrás da orelha e se recompondo silenciosamente. Eu já a tinha visto fazer aquilo. Millie era mestra em manipulação e podia controlar suas emoções melhor do que qualquer pessoa que já conheci. Eu cobiçava esse talento. Precisava disso.

— É. E na semana passada, quando eu estava de vigília ao lado da cama dele, um dos capangas do Blaine veio me ver. Disse que era o fim da linha para o meu pai. Se não receberem o dinheiro com juros, vão matá-lo. Depois vão vir atrás de mim e da Maddy. Eles chamaram de "dívida herdada". Seja lá o que isso signifique. De qualquer forma, preciso juntar um milhão de dólares, e rápido.

Tia Millie apertou os lábios e bateu a unha do indicador contra o polegar várias vezes. O tique-taque incessante quase me deixou louca. Como ela podia estar tão calma, tão indiferente? A vida de um homem, a minha e a da minha irmã mais nova estavam em risco. Ela não ligava para o meu pai, mas sempre teve um fraco por mim e minha irmã.

Seus olhos encararam os meus, ferozes e brilhantes, com uma emoção desconhecida.

— Podemos conseguir em um ano. Você acha que eles lhe dariam esse tempo para pagar parcelado? — Sua sobrancelha se arqueou enquanto ela concentrava toda a atenção em mim.

Os pelos dos meus braços se arrepiaram e eu joguei os ombros para trás, em defesa. Balancei a cabeça.

— Não sei. Tenho certeza de que o Blaine quer o dinheiro, e, como tivemos um lance um tempo atrás, posso tentar pedir. Aquele filho da puta sádico sempre gostou de me ver de joelhos, implorando.

— Guarde as suas aventuras sexuais para você, boneca. — Ela sorriu maliciosamente. — Parece que vamos ter que colocá-la para trabalhar imediatamente. Só as melhores contas. Temos que adiantar tudo. Preciso de você aqui amanhã de manhã para a sessão de fotos. Vai durar o dia inteiro. Vamos tirar algumas fotos, fazer vídeos etc. Vou pedir aos meus rapazes que subam o material para o site seguro no dia seguinte.

Tudo estava acontecendo muito rápido. As palavras "podemos conseguir" soaram em meus ouvidos como uma tábua de salvação, um bote em mar aberto cercado de tubarões, porém ainda flutuando.

— Mas eu vou ter que dormir com eles? Quer dizer, eu sei que existem diferentes tipos de acompanhantes. — Fechei os olhos esperando pela resposta, até que senti algo quente apertar minhas mãos. Ela as estava segurando.

— Boneca, você não tem que fazer nada que não queira. Mas, para conseguir todo esse dinheiro, precisa considerar a possibilidade. Meus clientes e eu temos um acordo verbal, por assim dizer. Minhas meninas dormem com eles, e eles acrescentam vinte por cento à comissão. Esse percentual é deixado em dinheiro, num envelope, no quarto da garota. Nada disso é pago para mim ou para minha empresa, já que a prostituição é ilegal na Califórnia. — Millie tocou o próprio queixo com o indicador. — Mas as minhas meninas devem ganhar mais pela conveniência, você não acha? — Ela piscou.

Assenti num gesto de cabeça, sem jeito, sem saber o que pensar, mas concordando mesmo assim.

— Vou agendar você por mês. Essa é a única maneira de conseguirmos um cheque mensal de seis dígitos. — Seus olhos verde-claros estavam brilhantes. Tanto que eu quase acreditei que poderia ser fácil se eu tivesse a mente aberta. — Você vai ser enviada para onde o homem estiver e ser tudo o que ele precisar durante o mês. Mas eu não vendo sexo. Se você dormir com eles, vai ser uma decisão sua. Entretanto, quando der uma olhada nos homens que eu tenho na lista de espera, você vai pensar duas vezes sobre não ir para a cama com eles. Isso sem falar no pagamento extra. — Ela sorriu e depois se levantou. Caminhou ao redor da mesa de vidro, sentou-se e, em seguida, virou-se para o computador, me dispensando silenciosamente. Senti que estava presa à cadeira de couro, incapaz de me mover. Pensamentos de como é que eu ia dar conta desse trabalho rodeavam minha mente feito abutres ferozes, caçando e bicando minha moral, um a um, como se ela fosse uma presa disponível.

— Vou fazer isso — ouvi-me sussurrar.

— Claro que vai. — Ela olhou para mim por cima do computador. Seus lábios se abriram em um sorriso torto. — Você não tem outra opção se quiser salvar o seu pai.

O dia seguinte foi um turbilhão de atividades. Eu me senti como a personagem de Sandra Bullock em *Miss simpatia*. Fui cutucada, esfregada, depilada e massageada em cada centímetro do meu corpo. Era como se eu fosse uma almofada de alfinetes humana, e quase acabei espetando a consultora de beleza que Millie contratou para "me consertar". Palavras dela, não minhas. Eu não tive como negar; contra fatos não há argumentos. Quando me olhei no espelho, quase não reconheci a mulher refletida ali. Meu cabelo preto e comprido estava mais brilhante do que nunca, caindo em ondas perfeitas sobre as costas e os ombros. Em qualquer ponto em que a luz tocava minha pele, um efeito de brilho cintilava de volta. O visual bronzeado que levei semanas para conseguir sob o sol da Califórnia agora reluzia como mel, destacando meus melhores atributos. O vestido que ela me fez usar era lilás, confortável e justo. Encaixou perfeitamente em cada curva arredondada e nos músculos tonificados do meu corpo, dando o efeito desejado. Sexy e elegante. Eu parecia um anjo negro quando o fotógrafo me colocou num banco frio de mármore branco. Ele me arrumou em algumas posições, e em pouco tempo peguei o jeito de fazer um bico sensual e olhar fixamente ao longe, desprovida de emoção. Era disso que eu precisava naquele momento. Não ter emoções.

Assim que terminamos e eu pude recolocar minhas roupas, que consistiam em calça jeans e camiseta justa, voltei para Millie, ou melhor, para o escritório da sra. Milan.

— Boneca, as fotos ficaram magníficas! Eu sempre soube que você seria perfeita como modelo. — Ela clicou em seu computador enquanto eu caminhava pela sala, então olhei para o que ela estava vendo. Perdi o fôlego quando vi minha própria imagem retratada pelo fotógrafo.

— Incrível. — Fiquei sem palavras por um momento. — Não posso acreditar que sou eu. — Balancei a cabeça enquanto uma foto após a outra apareciam no site da Exquisite Acompanhantes de Luxo. Se não tivesse passado por aquilo tudo, eu jamais acreditaria que era eu.

Um lento sorriso surgiu nos lábios da minha tia.

— Você é muito bonita. — Seus olhos claros se fixaram em mim. — Se parece tanto com...

— Que seja. — Balancei a cabeça e encostei o quadril em sua mesa de vidro, sem querer ouvir quanto ela achava que eu me parecia com minha mãe. — E agora? — perguntei, cruzando os braços sobre o peito, sentindo um estranho desejo de me proteger do que ia acontecer a seguir.

Ela se recostou na cadeira de couro preto, com os olhos brilhando.

— Quer ver a sua primeira missão?

Uma lenta sensação de medo subiu pela minha coluna, mas enrijeci os ombros e olhei para ela com uma expressão branda.

— Manda ver.

Millie riu e, em seguida, clicou algumas vezes no navegador, trazendo a imagem de um dos homens mais insuportavelmente lindos que eu já vira. Não havia nada que pudesse comprometer sua excelente aparência. Mesmo em uma foto de currículo corporativo, o cabelo loiro-escuro, os olhos verdes e o queixo esculpido eram de admirar. Seu cabelo era longo, cortado em camadas e com aquele jeito meio bagunçado mas perfeitamente arrumado que estava tão na moda. Mas algo ali não encaixava. O cara não devia ter mais de trinta anos. Além disso, não era o tipo de homem que precisaria contratar uma acompanhante. Parecia mais o tipo de cara por quem as mulheres ficam loucas, perdidas de desejo.

— Não entendo. Por que ele... — Apontei para o sorriso do monumento na foto. — ... precisaria contratar uma acompanhante?

Minha tia inclinou-se para trás, apoiou as mãos no colo e sorriu.

— Ele escolheu você.

Sei que devo ter parecido confusa, porque ela apressadamente continuou:

— Eu mesma enviei as primeiras fotos do seu ensaio para ele e a mãe. Trabalho muito com ela. Enfim, ele concordou com o encontro. Vai mandar um carro buscá-la amanhã de manhã. Ele é daqui da região, mas, ainda assim, você vai precisar ficar na casa dele pelos próximos vinte e quatro dias.

Senti como se minha cabeça tivesse sido atingida, em um golpe rápido, por um taco de beisebol imaginário.

— *Vinte e quatro dias?* Você está louca? Como é que eu vou conseguir trabalhos ou participar de audições? — Minha carreira de atriz não era grande coisa, mas eu tinha um agente que cobrava barato e me conseguia um contrato ou outro. E ainda tinha o restaurante onde eu dava expediente à noite.

Millie me olhou como se uma segunda cabeça tivesse crescido em mim. Seus lábios estavam apertados em uma linha fina, e seu nariz, franzido de uma forma nada atraente.

— Mia, você vai deixar todos os seus outros trabalhos por pelo menos um ano. Agora você é uma funcionária da Exquisite Acompanhantes de Luxo. Suas tarefas serão executadas no período de um a vinte e quatro dias, dependendo das necessidades do cliente. Já que você precisa ganhar muito dinheiro num curto espaço de tempo, precisa pegar trabalhos maiores. Depois dos vinte e quatro dias, você vai ter o restante do mês para ficar em casa, relaxar, se recuperar e providenciar qualquer cuidado de beleza que seja necessário. Na virada de cada mês, um novo encontro vai ser designado a você.

— Não posso acreditar nisso! — Comecei a andar pelo escritório, sentindo-me de repente como um animal enjaulado que precisa se libertar. Tinha acabado de me dar conta de que a vida com que eu estava acostumada havia acabado. Nada mais de encontros normais, não que eu tivesse saído com alguém nos últimos tempos. Nada de audições, o que faria da minha incipiente carreira uma lembrança distante, e pouco ou nenhum tempo para ver meu pai, Maddy ou Ginelle.

— Acredite, garota, isto aqui não é brincadeira. O que o seu pai e o seu ex-namorado fizeram determinou que seria assim. Você tem sorte por eu estar lhe oferecendo esta oportunidade. Não seja ingrata. Agora, sente-se e cale a boca! — A voz dela ficou completamente desprovida do calor habitual, adquirindo o tom frio e formal de uma empresária muito objetiva.

— Desculpe. — Ela estava tentando me ajudar, mas era tudo tão... repentino. Inacreditável. Caí na cadeira em frente a sua mesa e apoiei a cabeça nas mãos. Sacudi-la repetidamente não mudaria o resultado. Era como se eu estivesse para alugar. A cada mês seria atribuída a um novo homem e, se eu transasse com ele, ganharia vinte por cento a mais.

Balancei a cabeça e ri. Isso provou que eu estava maluca. Encostei a cabeça no couro da cadeira e olhei para o teto branco. Depois de um momento, uma decisão me acalmou. Era isso que eu tinha que fazer. Então deixaria um cara sexy me levar para jantares de negócios chatos e aonde mais ele quisesse. Eu não precisaria transar com ele e, mais importante, não tinha nenhuma chance de me apaixonar. Um novo homem todo mês não era tempo suficiente para que eu me apaixonasse, como tinha acontecido no passado. Quem disse que eu precisava desistir da minha carreira de atriz? Existiria melhor maneira de aperfeiçoar minhas habilidades de atuação do que fingindo ser quem esses caras queriam que eu fosse? Então, quando o mês acabasse, eu seria outra pessoa e meu pai se manteria seguro. Se eu conseguisse convencer Blaine a concordar com os pagamentos mensais, a coisa poderia dar certo.

Respirei fundo, levantei e estendi a mão para minha tia. Seu sorriso era cruel, mas ainda assim sexy. Ela era muito boa no que fazia.

— Certo, *sra. Milan* — enfatizei seu nome falso para que ela compreendesse meu comprometimento. — Parece que eu sou a sua nova Garota do Calendário.

2

WESTON CHARLES CHANNING III. FIQUEI OLHANDO PARA O PAPEL, ME PERguntando por que alguém iria querer ter um numeral romano no fim do nome. Eu poderia apostar que ele era um garoto rico e pretensioso cuja mãe não queria constrangimentos por vê-lo desfilar em eventos elegantes com vagabundas de Hollywood. Pelo menos, na minha cabeça, esse era o único motivo para que alguém tão devastadoramente bonito precisasse contratar uma acompanhante. Folheando as páginas, encontrei a lista de regras que a "sra. Milan" havia me entregado na noite anterior.

> **1. Esteja sempre com a melhor aparência possível.** Nunca deixe que o cliente a veja desarrumada. Você deve estar sempre maquiada, com o cabelo arrumado, unhas feitas e roupas perfeitamente passadas. O cliente vai lhe fornecer um guarda-roupa à escolha dele. Suas medidas e preferências foram enviadas ao personal stylist dele.

Revirei os olhos e encarei, já com saudade, a pilha de calças jeans no meu armário. Personal stylist? Nossa, essas pessoas tinham muito dinheiro. Era tão difícil assim escolher suas próprias roupas? Minhas medidas tinham sido enviadas? Ótimo. Agora o cara sabia que eu precisava perder uns quilinhos. Ter um metro e setenta e três me dava a vantagem de parecer mais magra do que era, mas eu sabia que minha tia preferia que suas meninas usassem tamanho trinta e quatro. Eu era um quarenta e dois curvilíneo, às vezes quarenta e quatro, para ser sincera. Provavelmente eu seria considerada plus size no mundo da moda.

Ele escolheu você. Lembrei disso ao encher uma pequena mochila com itens de primeira necessidade. Hidratante, maquiagem, perfume, meu Kindle e uma bolsinha com minhas bijuterias favoritas. Não havia nada de valor, mas eram minhas coisas, e, no mínimo, eu precisava me sentir eu mesma de alguma forma. Peguei também um diário sem uso e meu bloco de papel de carta personalizado. Levando em conta que seria uma longa experiência, com um ano de duração, eu poderia muito bem tentar aprender algo com isso. Caramba, talvez eu pudesse até escrever meu próprio roteiro de cinema um dia.

Jogando a mochila sobre a cadeira estofada do apartamento barato que eu alugara, olhei para o restante da lista.

> **2. Sorria constantemente.** Nunca pareça estar brava, triste ou emocionalmente instável. Os homens não contratam uma mulher para lidar com seus problemas emocionais. Eles a contratam para que não tenham de fazer isso.

Sem emoção. Essa eu já tinha sacado. Eu refletira muito sobre isso após ter falado com Millie e concordado com o trabalho.

> **3. Não fale, a menos que falem com você.** Você vai estar lá para ser bonita e encantadora quando for requisitada. Discuta com o cliente as necessidades dele antes de qualquer evento social ou profissional, para que vocês estejam de acordo a respeito de sua posição.

Quantos anos temos? Cinco? Seja uma Barbie. Entendi. Isso é fácil.

4. Esteja disponível o tempo todo. Se o cliente quiser apenas ficar em casa, fique com ele. Seja respeitosa, mostre boas maneiras e se mantenha atenta às orientações do cliente. Se ele desejar companhia, oferecer um afago é aceitável. Sexo não é obrigatório.

Ela esperava que eu oferecesse um *afago* ao cliente quando ele quisesse transar? Ri alto. Seria uma transição interessante. "Ei, cara, quer um afago?" Um riso abafado deixou meus lábios enquanto eu continuava a ler.

5. Sexo com o cliente não está incluído no contrato. Se você optar por oferecer companhia sexual, será uma escolha sua, e não responsabilidade da Exquisite Acompanhantes de Luxo. Exigimos, no entanto, que todas as nossas acompanhantes façam uso de algum método anticoncepcional que possa ser comprovado. Exames de sangue poderão ser solicitados.

Aonde ela queria chegar com essa merda? Fala sério. Quem iria querer engravidar de um homem que acabou de conhecer e por quem não está apaixonada? Ah, sim, homens ricos, mulheres burras. A receita certa para o desastre. Bem, eu não era uma dessas mulheres. Uma vez que meu pai estivesse seguro e a dívida paga, minha vida voltaria ao normal. Seja lá o que isso significasse.

Olhei para o relógio e percebi que estava na hora de ir. Ainda que Millie quisesse que eu chegasse em uma de suas limusines, garanti a ela que eu mesma me encontraria com o cliente. Essa foi minha única exigência. Se este primeiro encontro desse certo, então eu estaria disposta a aceitar que os outros clientes me pegassem. Por enquanto eu estava desconfiada pra caramba e iria de moto. Mesmo tendo prometido a ela que pegaria um táxi. Como se ela fosse descobrir.

Usando meu jeans preto mais sexy e um top de malha preto e justo, vesti minha jaqueta curta de couro e botas de camurça de cano longo. Eu sabia que Millie me mataria se me visse com essa roupa, mas eu precisava do elemento surpresa para conhecer o tal Weston Charles Channing *Terceiro* antes de concordar de bom grado em ser sua acompanhante pelas próximas quatro semanas.

Finalmente, a mensagem de texto chegou. Veio de um número desconhecido.

> Ansioso para conhecê-la. Praia El Matador. Encontre a escada de concreto que leva até a praia. Vejo você em breve.

Intrigante. Ele estava querendo me encontrar na praia às oito da manhã? Rapidamente, peguei meu iPhone e pedi orientação à Siri, percebendo que já eram sete horas. A voz automatizada me indicou a praia e mostrou que ficava pouco mais de nove quilômetros a noroeste de Malibu. Devia ser perto da casa dele, porque levava uma hora inteira de moto da minha, no centro da cidade, até a praia. Meu apartamento não era grande, apenas alguns metros quadrados, onde o futon que comprei por cinquenta dólares em um bazar de garagem servia como sofá e cama, mas era o que eu podia pagar. Olhando ao redor, notei que tinha feito a decoração do jeito mais aconchegante que pude. As paredes eram bege-claro, e, embora a mobília fosse desencontrada e não combinasse, de alguma forma o conjunto tinha ficado bom.

Era o primeiro lugar que eu podia chamar de meu. E agora eu precisava deixá-lo. Peguei a garrafa de água e derramei o resto no vaso de bambu que eu mantinha no pequeno balcão da cozinha. Era uma triste tentativa de ser ecologicamente correta, e, supostamente, era uma planta da sorte. Eu esperava que ela sobrevivesse. Enquanto caminhava porta afora com a mochila no ombro e o capacete na mão, notei quanto a planta e eu tínhamos em comum. Certamente eu esperava sobreviver a essa ausência também.

~

Cascalhos se soltaram e pedras pularam pelo chão quando Suzi derrapou até parar, antes de bater na viga de metal que terminava pouco antes de um penhasco rochoso. A escada de concreto — que eu estava procurando ao longo da praia — era claramente visível desta área de estacionamento. Esta parte da praia era pequena e parecia isolada. Apenas um carro estava estacionado na manhã fria de segunda-feira. Provavelmente porque pessoas normais estão trabalhando às oito da manhã de um dia útil. Eu não sabia o que pensar sobre encontrar meu cliente naquele lugar, mas não estava chateada com isso. A vista era incrível; a praia, de tirar o fôlego. As ondas azuis batiam contra a areia em nuvens brancas quando quebravam. Era uma das poucas vezes que eu tinha ido à praia desde que me mudara para cá, seis meses antes. A maior parte do meu tempo era ocupada tentando entrar no mundo das artes cênicas. O local não importava. Eu só precisava dar o fora do deserto. O mar era o oposto do calor seco de Las Vegas, e o contraste era reconfortante à sua maneira.

Uma figura solitária surfava. Acompanhei com os olhos a pessoa pegar todas as ondas como um profissional, mergulhando a longa prancha amarela para coincidir com as elevações do mar. Observei atentamente o local, mas não vi ninguém mais. Não havia outros carros estacionados além de um jipe e da minha moto. Será que ele ainda não havia chegado?

Observei o surfista por mais alguns momentos enquanto ele deslizava em cima de uma onda até a areia. Ele pulou quando a prancha o levou delicadamente para a beira. Devia surfar havia muito tempo para ter esse nível de equilíbrio e força. Talvez desse aulas ali, embora eu não tivesse visto nenhum tipo de construção por toda a orla. O homem sacudiu o cabelo e soltou a cordinha que conectava a prancha ao seu tornozelo. Eu não podia ver suas feições daquela distância. Como se estivesse em câmera lenta, o surfista olhou em minha direção. Ele não podia ver o meu rosto, pois eu ainda estava de capacete. Levantei a viseira para enxergar melhor e vi quando ele abriu o zíper da roupa de mergulho e revelou uma quantidade enorme de músculos molhados, fortes e bronzeados. Tirou os braços de dentro da roupa e a deixou cair na cintura enquanto levantava a prancha e seguia até a areia fofa em uma corrida.

Em completo e absoluto fascínio, vi seu corpo se mover na paisagem. O surfista era uma delícia. Dava um novo significado à expressão "colírio para os olhos". Ele continuou a se aproximar, o peitoral quadrado e o abdome definido cada vez mais visíveis com a proximidade. O pedaço sexy de pele que mergulhava fazendo um V delicioso tinha pontos de areia e água do mar misturados. Aquilo me fez perguntar qual seria o seu sabor. Salgado por causa do mar com notas do gosto natural.

O calor tomou meu corpo quando ele chegou à escada. Meus ouvidos começaram a estalar e eu senti como se o mar estivesse rugindo, causando um ruído oscilante dentro do capacete. Era como estar em um carro com todas as janelas fechadas e alguém abrir uma delas. Instantaneamente, você se vê inundado pelo som distorcido que atravessa seu ouvido, como uma coisa física batendo contra o tímpano.

Lentamente, tirei o capacete e joguei o pescoço para trás, permitindo que meu cabelo balançasse e se soltasse, livre do confinamento. Respirei fundo quando o homem que eu estava esperando parou no topo da escada e me encarou. Seu olhar era... intenso, lascivo. Grandes gotas de água pingavam de seu cabelo sobre os ombros largos e escorriam até o peito, que poderia ter sido esculpido por deuses.

Ele deslizou os olhos das minhas botas até as coxas, depois para o meu peito, até finalmente encontrar o meu olhar.

— Que prazer inesperado. — Ele sorriu.

— Sim, inesperado. — Lambi os lábios, que haviam ficado secos de repente, e mordi o inferior. Ele se movia com leveza enquanto caminhava até o Jeep Wrangler 4 x 4 cinza. Não era um carro caro, embora parecesse estar em boas condições. Não tinha capota, e imaginei que era para que o dono pudesse colocar uma prancha gigante na parte de trás sem nenhum problema. Aquela coisa era leve? Eu achava que não, mas ele fazia parecer que não pesava nada. Os músculos de seus braços se esticaram e tensionaram quando ele posicionou a prancha no lugar, e uma onda de excitação formigou por meus poros.

— Você é a Mia? — ele perguntou quando desci da moto e andei a passos largos, certificando-me de conferir um balanço extra a meus quadris. Seus olhos pareciam cintilar em apreciação enquanto acariciavam minhas formas.

— Sou eu. E você é o Weston Charles Channing Terceiro? — Levantei três dedos e coloquei a mão no quadril.

Ele riu e se apoiou na lateral do jipe, me oferecendo uma visão ainda melhor do seu peito nu. Caramba, ele era lindo. Seus olhos verdes ficaram escuros ao encontrarem os meus.

— Terceiro. — Ele imitou meu gesto. — Meus amigos me chamam de Wes — disse, casualmente.

— E eu sou sua amiga? — perguntei, tímida.

— Espero que sim, srta. Mia. — Ele piscou, virou-se e deu a volta no jipe. Pegou uma camiseta branca e rapidamente a puxou sobre a cabeça, cobrindo o belo corpo. Quase agradeci pela distração. Imediatamente a Barbie bobinha deixou o recinto e a Mia inteligente fez sua aparição mais uma vez. — Está pronta para ir?

— O dinheiro é seu. Você diz onde e quando — falei.

Wes lambeu os lábios, me encarou novamente, sorriu e balançou a cabeça.

— Eu ia te oferecer uma carona, mas parece que você já tem como ir.

— Tenho sim. Eu sigo você.

No momento em que chegamos a sua casa, em Malibu, minha libido já estava novamente sob controle, embora eu achasse que não demoraria muito para voltar à tona. Os portões se abriram e eu o segui por um pequeno caminho sinuoso, até pararmos em frente a uma construção que mais parecia algo que se vê nas montanhas. Não uma cabana feita de troncos de árvores, mas a casa era toda de pedras gigantes entremeadas com madeira. Uma vegetação exuberante a cercava por todos os lados, fazendo-a parecer aninhada em um jardim secreto.

Tirei o capacete e peguei a mochila enquanto o acompanhava, subindo os degraus de pedra. A porta não estava trancada quando ele a abriu. Acho que, quando se vive em Malibu e se tem grandes portões com cercas ao redor da propriedade, não há muita preocupação com a segurança. Talvez ele tivesse vigias em algum lugar.

Entramos em uma sala grande e cavernosa, com vigas de madeira escura expostas que se encontravam no centro. O piso era feito da mais rica cerejeira e revestia todo o espaço suntuoso. Vários tapetes de cores escuras e rústicas cobriam o assoalho ao lado do sofá macio bordô, que parecia fofo o suficiente para que se pudesse correr e saltar em cima dele. A sala era iluminada e arejada, cercada de janelas. O home theater era enorme e tomava uma parede inteira, de quinze metros. Espalhada pela prateleira e em nichos, havia uma grande variedade de livros e DVDs. Tapeçarias em tons vibrantes enchiam as paredes. Plantas e obras de arte estavam por toda parte. Não era o que eu esperava de um homem na casa dos vinte e tantos ou trinta anos. Fiz uma anotação mental para descobrir sua idade em algum momento, assim como o que ele fazia. É preciso ser muito inteligente ou financeiramente independente para ter aquelas coisas.

— Este lugar é incrível — eu disse enquanto saía pelas portas francesas que davam para a varanda de madeira com grade de ferro fundido. A vista era de uma paisagem montanhosa que ia até o horizonte e parecia não ter fim. Viver no centro de Los Angeles não me dava muitas oportunidades de apreciar o sul da Califórnia como eu estava vendo naquele lugar.

Wes sorriu e pegou minha mão. A dele era quente e macia. Confortável.

— Venha aqui. Vou te mostrar o que me atraiu neste lugar. — Ele me puxou para segui-lo ao redor da varanda até o lado oposto da enorme casa, de modo que eu pudesse conhecer a outra vista.

O que vi roubou meu fôlego quando finalmente chegamos ao outro lado da varanda.

— Ah, meu Deus — sussurrei, em completa reverência. Sua mão apertou a minha, fazendo um raio de eletricidade formigar na parte de trás do meu pescoço. Eu estava diante de uma vista panorâmica do oceano Pacífico, que se estendia por metade da casa. Wes se inclinou na minha direção e sussurrou no meu ouvido, apontando para uma faixa de areia aninhada contra um terreno rochoso.

— Aquela é a praia El Matador — ele disse, perto o suficiente para que eu sentisse sua respiração beijar meu rosto. Eu quase podia ver as ondas em que ele estava surfando.

— É... — Fiquei sem palavras.

— Incrível, eu sei — ele completou, mas não de forma presunçosa. Não, ele realmente parecia admirar a vista, o que me surpreendeu. Afinal, ele vivia ali, via aquilo todos os dias e ainda se sentia arrebatado pela dádiva diante de si. Percebi, então, que talvez eu tivesse sido precipitada ao pensar que ele era um riquinho desocupado e metido a besta. Seus olhos refletiam algo mais maduro, que ia além da idade. Ele segurou minha mão e me puxou para dentro da casa. — Vou mostrar o seu quarto.

Eu o segui através das centenas de metros quadrados do interior. Os cômodos surgiam diante de meus olhos e desapareciam antes que eu tivesse a chance de dar uma espiada. Achei estranho que ele continuasse a segurar minha mão, mas não disse nada, por medo de que ele a soltasse. Era bom sentir aquela mão grande e quente na minha. Me fazia sentir segura e protegida, de um jeito que eu não experimentava havia anos.

Wes me levou até um conjunto de portas duplas. Finalmente soltou minha mão e abriu as duas portas ao mesmo tempo.

— Este será o seu espaço pelos próximos vinte e quatro dias. — Ele sorriu quando entrei.

O quarto era completamente branco. Inteiro. Móveis, roupa de cama, até mesmo a decoração era feita em vários tons de branco, com toques mínimos de cor. Era um contraste muito dramático com as cores ricas da sala de estar. Sem perceber, fiz uma careta.

— Não gostou? — Suas mãos caíram ao lado do corpo. Ele se moveu e abriu mais um conjunto de portas duplas, revelando uma tonelada de roupas, tudo extremamente colorido, com uma variedade de texturas e tecidos. Agora sim. Eu poderia morar dentro do closet. Era grande o suficiente para isso. Passei os dedos pelas roupas penduradas, todas ainda com a etiqueta.

— É lindo, obrigada. Então, por que você não me conta um pouco sobre o motivo de eu estar aqui? — perguntei ao sair do closet e me sentar na cama. Wes era alto, grande, mas não musculoso demais. Tinha mais de um metro e oitenta e o corpo de um nadador forte, que definitivamente passava um bom tempo na academia levantando peso.

Ele respirou fundo, se sentou e levou a mão ao queixo, apoiando o cotovelo no braço da cadeira.

— Minha mãe — disse, como se isso explicasse todos os segredos do universo. Ergui uma sobrancelha, e ele balançou a cabeça. — Tem alguns eventos, profissionais e pessoais, dos quais eu preciso participar nas próximas semanas. Ter uma mulher ao meu lado vai ajudar a afastar as socialites e interesseiras que muitas vezes disputam a minha atenção, impedindo que eu interaja com as pessoas que preciso.

— Então você precisa de um escudo contra periguetes? — Eu ri, cruzei as pernas, tirei a bota de cano alto, estiquei a outra perna e repeti o processo. Wes assentiu e observou, com muita atenção, enquanto eu remexia os pés doloridos dentro da meia. Olhei para baixo e percebi por que ele estava com a mão sobre a boca, numa tentativa velada de conter o riso.

Eu estava usando meias com motivos natalinos. As meias listradas, vermelhas e verdes, compridas até os joelhos, me encararam, provando que eu tinha cometido um suicídio fashion. Sem falar que eu estava certa de que tinha acabado de quebrar uma das regras de Millie para as acompanhantes, já que estava usando peças terrivelmente feias. Mordi o lábio e arrisquei um olhar para Wes, mas ele apenas continuou sorrindo como um gato que engoliu o canário.

Revirando os olhos, bufei.

— Eu me arrumei no escuro.

— Obviamente. — Ele riu. — Achei fofo.

— Fofo? Que péssimo. — Estreitei os olhos para ele. — Você acha que eu sou fofa? Bom, agora não tem devolução, amigo. Como você mesmo disse, vou ficar por aqui durante vinte e quatro dias. Nada de trocas. — Levantei e coloquei as mãos nos quadris.

Ele se recostou e cruzou os pés descalços. Ah, eu não tinha notado seus pés. Eram magros, longos e bem cuidados. Minúsculos grãos de areia estavam grudados no peito do pé. A libido que eu tinha chutado para o meio-fio espiou de seu esconderijo e estava prestando muita atenção nos mínimos detalhes do homem diante de mim. Não era justo. Até os pés dele eram sexy.

— Relaxa, Mia. Eu disse que as suas meias são fofas, não você. Você é, muito provavelmente, uma das mulheres mais lindas que eu já tive o prazer de conhecer. Mal posso esperar para te ver nua. — Seus lábios se contraíram em um sorriso e seus olhos arderam.

Respirei lentamente e o encarei enquanto ele se levantava. Nossos olhares se encontraram, e pareceu que muitos minutos haviam se passado enquanto observávamos as nuances um do outro.

— Hum, bem, fico feliz em saber que você me acha bonita o suficiente para estar aqui. Como você mesmo disse, fui contratada por um mês e... espere... — De repente a ficha caiu. — Desculpe. Mal pode esperar para me ver nua? — As palavras saíram da minha boca num turbilhão. — Isso não está no contrato...

— Ah, eu sei muito bem o que está no contrato — Wes disse, aproximando-se de mim, deslizando a mão ao redor da minha cintura e me puxando contra seu corpo.

Engoli em seco quando o volume duro de sua enorme ereção pressionou minha barriga. Ele estudou meu rosto e se inclinou para mais perto. Tão perto que eu podia sentir o sopro de sua respiração contra meus lábios aquecidos.

— Se você ficar nua, não vai ser porque estou pagando por isso.

Os lábios de Wes tocaram a pele logo atrás da minha orelha, onde ele deu um beijo suave. Fiquei completamente imóvel, sentindo o prazer subir pelos meus membros, os nervos focados, à espera do seu próximo toque. A aspereza de seu queixo, com a barba por fazer, deslizou pelo meu, suave, provocando arrepios em minha coluna e uma onda de calor entre minhas coxas.

— Você vai tirar a roupa para mim quando estiver pronta para isso. Não vou nem precisar pedir — ele sussurrou antes de dar um beijinho no canto da minha boca. Então se afastou, os olhos verdes irradiando luxúria. — Tenho trabalho a fazer no meu escritório. Fique à vontade para olhar por aí, tomar sol, usar a piscina. Preciso que você esteja pronta e usando um vestido bonito às cinco em ponto. Temos um jantar de negócios. — Com um último aperto em meu quadril, ele se virou e partiu. A pele naquele ponto ainda sentia a força de seu toque.

— Droga — falei, zonza depois de prender a respiração por tanto tempo. No momento em que seus lábios tocaram a parte de trás da minha orelha, perdi a capacidade de respirar. — Vou ter problemas.

3

A PISCINA ERA AQUECIDA E REVIGORANTE. USEI O TEMPO LIVRE PARA ME bronzear e fazer um pouco de exercício nadando em voltas. Weston, ou Wes, como ele gostava de ser chamado, não apareceu. Imaginei-o atrás de uma das muitas portas fechadas pelas quais passei no caminho até o pátio.

Enquanto eu me secava ao sol, uma mulher baixa e bem cheinha, usando calça cáqui e suéter e segurando uma bandeja, entrou no pátio. Imediatamente procurei uma toalha, mas não achei. Olhei ao redor. Ela abriu um grande sorriso e caminhou até um cesto no canto, junto à porta, levantou a tampa e pegou uma enorme toalha de praia multicolorida.

— Aqui está, meu bem — disse com sotaque britânico, entregando-me a toalha. Seus cabelos grisalhos e os olhos castanhos me fizeram lembrar da Mary Poppins, só que mais velha.

— Oi, eu sou a Mia. — Envolvi a toalha ao redor do corpo, escondendo o minúsculo biquíni vermelho que tinha encontrado no guarda-roupa. Havia muitos outros, mas todos eram pequenos demais, então escolhi um ao acaso.

Mary Poppins sorriu e estendeu a pequena mão.

— Sra. Croft. Eu mantenho a casa em ordem, preparo as refeições do sr. Channing, arrumo tudo e muito mais. — Apertei a mão dela e assenti, então torci o cabelo para tirar o excesso de água e o prendi em um rabo de cavalo. — Eu queria lhe trazer algo para comer, me apresentar e dizer que, se você precisar de alguma coisa, pode me chamar apertando o botão "Ajuda" nos interfones disponíveis em cada cômodo. — Ela apontou para o painel de botões na parede externa. — Vou entregar a sua programação diária e as atividades do sr. Channing para que você possa estar preparada. Que tal se eu colocar debaixo da sua porta pela manhã?

Dei de ombros. Como ela, eu era uma empregada. Só que meu trabalho era ficar bonita e espantar as riquinhas. Cada um com a sua cruz.

— Como você achar melhor. Sou uma pessoa fácil.

A sra. Croft me olhou de cima a baixo e, em seguida, inclinou a cabeça. Um sorriso enfeitava seus lábios finos.

— Tenho a sensação de que você é tudo menos fácil, meu bem. — Ela piscou. — Vai ser interessante — disse vagamente, antes de se virar e voltar para dentro da casa.

Sabe-se lá o que aquilo significava. Olhando para a paisagem incrível mais uma vez, pensei que seria um dinheiro fácil. Um cara gostoso, por quem eu *não* iria me apaixonar, uma casa com uma vista de matar e roupa que não acabava mais. Até agora, parecia moleza. Através das portas abertas do pátio, vi o relógio pendurado sobre o fogão na cozinha e notei que tinha uma hora e meia antes que o surfista rico e gostoso precisasse de sua nova "companheira", em meu primeiro dia de trabalho.

Decidi, como em tudo, que iria impressioná-lo, mesmo que não fosse com a meia de Natal vermelha e verde.

O sr. Channing deu uma batida rápida em minha porta e, em seguida, entrou sem esperar por um convite. *Lembrete: não me vestir fora do banheiro, ou eu corro o risco de oferecer um show ao Senhor da Mansão.* Porém algo me dizia que ele não se importaria nem um pouco, se o jeito como seus olhos passearam sobre minhas curvas, de cima a baixo — não apenas uma, mas duas vezes —, significava alguma coisa. A vista do lado de cá do quarto também não era nada ruim. Ele estava de-li-ci-o-so em um terno preto feito sob medida e uma camisa branca com o colarinho aberto, mostrando um pouco da garganta sexy. Ergueu três gravatas enquanto olhava para o meu traje.

Eu estava usando um vestido roxo-berinjela, com aplicação de contas na gola frente única, que descia em duas faixas de tecido sobre os seios, deixando a junção entre eles exposta num decote profundo, e então se cruzava nas costelas, com mais contas, exibindo recortes atraentes nas curvas da minha cintura. Eu nunca tinha usado algo tão sexy, elegante e caro. Me senti como Elizabeth Taylor em um daqueles comerciais de perfume. A saia do vestido caía em A, terminando nos joelhos. A peça não permitia o uso de sutiã — já que tinha as costas abertas —, mas, mesmo estando no time das peitudas, os dois ficaram bem seguros lá dentro. Eu parecia e, o melhor, *me sentia* bonita pela primeira vez em muito tempo.

— Uau — foi tudo o que Wes disse enquanto me olhava com uma expressão de admiração no rosto generosamente anguloso. Ele estendeu as três gravatas para mim. — Qual delas? — perguntou, engolindo em seco antes de pigarrear. Sorri, amando cada segundo de sua reação de surpresa. Eu podia ser uma motoqueira ferrada, mas sabia me produzir.

As gravatas eram bonitas, e uma delas combinava mais com meu vestido que as outras, mas, em vez de colocá-la em seu pescoço, pousei as duas mãos em seu colarinho, levantei a gola e a coloquei por cima da lapela do terno.

— Eu prefiro sem. Você ficou gostoso. — Não havia por que não ser sincera. Ele estava mesmo gostoso.

Sua boca se curvou num sorriso apetitoso demais para resistir e eu mordi o lábio, sentindo a calcinha ficar úmida. Merda. Se ele não parasse, eu ia pular em cima dele. Como Ginelle tão grosseiramente me lembrou, fazia meses que eu não sentia o toque de um homem. Honestamente, fazia tipo um ano. Fiquei farta dos homens depois de Blaine e passei o ano inteiro dizendo a mim mesma que podia viver como uma freira, já que tinha um vibrador e muitos cookies em casa. Mas, diante desse cara, eu não tinha certeza de que o celibato seria uma decisão inteligente. Por ora, eu estava pronta para derrubar o surfista gostosão.

— Minha mãe não vai gostar disso — ele sussurrou antes de segurar meu pulso e me puxar para si. Vacilei nos saltos absurdamente altos que sua personal shopper comprara e trombei nele, peito contra peito. Minhas mãos pousaram na parede dura de músculos que eu ainda podia sentir através do terno e da camisa.

Nossos olhares se encontraram.

— Você sempre faz o que a mamãe manda? — desafiei-o.

Ele riu e seus olhos adquiriram um tom intenso de verde. Descobri que podia olhar para ele por dias a fio e me sentir como se tivesse ganhado um prêmio.

— Não, mas é um evento dela. Gosto de ser um bom menino quando convém. — Ele se aproximou e inspirou na base do meu pescoço. — Nossa, você tem o perfume da luz do sol e de uma brisa fresca no verão — disse, passando os lábios ao longo do meu queixo. Arrepios de excitação percorreram meu corpo, desde a raiz dos cabelos cacheados até a sola dos pés. — Você está mais que linda. — Ele beijou o canto da minha boca novamente. Sem contato labial completo. Quase reclamei, mas concluí que era parte do jogo, e ele era bom nisso. Obviamente, ele gostava de seduzir. E naquele momento eu estava entregue.

— É melhor nós irmos — avisei.

Wes sorriu e puxou minha mão, virando-se e me levando para fora do quarto. Mal tive tempo de pegar a bolsa com meu celular, batom e identidade. Quando chegamos à porta, a sra. Croft estava lá, com um punhado de lenços na mão. Ela olhou para meu vestido, pegou um que combinava e o colocou no bolso do paletó de seu patrão, com toda a atenção e cuidado.

— Prontinho. — Ela passou as mãos sobre o paletó. — Você está perfeito, meu querido. — Seus olhos estavam brilhantes e cintilavam, como se ela estivesse preparando o próprio filho para o baile de formatura. Estranho. Resolvi não falar nada. Ele colocou as gravatas na mão dela.

— Obrigado, Judi. — Então se inclinou e beijou o rosto enrugado. Olhou para mim, analisando-me novamente, e se voltou na direção de sua empregada/cozinheira/governanta. Eu não sabia o que ela era realmente. — O vestido ficou perfeito. — Ele agradeceu e me levou para fora, até a limusine que nos esperava na frente da casa.

Judi comprou as roupas? Quaisquer outros pensamentos foram esquecidos, e minha boca se abriu com o tamanho da limusine. Era comprida, maior que qualquer carro que eu já tinha visto. Eu nunca havia andado em uma daquelas, e, quando nos aproximamos, Wes inclinou a cabeça para o lado e olhou para mim com um sorriso engraçado.

— Já andou de limusine? — perguntou, claramente se divertindo.

Ajeitei os ombros e caminhei até o carro, como se já tivesse andado em um daqueles um milhão de vezes.

— Claro. — Abri a porta. Ele colocou a mão na boca, segurando o cotovelo com a outra, e riu. Eu me encolhi, sem entender a piada.

— Então por que está tentando entrar na frente? — Ele fez um gesto para a porta que eu estava mantendo aberta. Olhei para dentro e vi o volante. Quando me endireitei, havia um cavalheiro, com uniforme preto de chofer, segurando a porta traseira.

— Eu sabia. Só ia perguntar ao motorista para onde estávamos indo. — Passei pela porta, as bochechas queimando de vergonha.

— Claro que ia. — Ele colocou a mão na base das minhas costas e me conduziu para dentro com uma risada. Quando já estávamos acomodados, me ofereceu uma taça de champanhe, prontamente aceita.

— Obrigada.

Ele sorriu e se serviu de uma taça também. Brindamos.

— A que estamos brindando? — perguntei.

— Que tal à nossa amizade? — Sorriu e, em seguida, colocou a mão quente sobre a minha coxa, por cima do tecido, com muito mais intimidade do que um "amigo" faria. A sensação era gostosa. — À nossa boa amizade. — Seus olhos desceram para minha boca quando mordi o lábio.

— Amizade colorida? — perguntei, arqueando uma sobrancelha para causar mais efeito e cruzando as pernas. Sua mão subiu mais alguns centímetros, até tocar a pele nua da minha coxa. Seu olhar estava focado no meu, me fazendo sentir quente, positivamente quente.

— Eu espero que sim — ele sussurrou e se aproximou mais.

Para frustrar seus planos e manter minha própria sanidade, imediatamente levantei a taça de champanhe e a coloquei nos lábios, tomando um grande gole da bebida borbulhante.

Wes se inclinou para trás e gemeu, ajustando a virilha — de forma pouco sutil. Eu ri e ele me fuzilou com o olhar, mas terminou balançando a cabeça e sorrindo. Sim, eu ia apreciar bastante esse jogo de gato e rato. Se bem que, no momento, eu não tinha certeza de quem era o gato e quem era o rato. No fim das contas, eu estava me divertindo muito para me importar.

Chegamos a uma mansão elegante nas colinas de Malibu, perto de onde Wes vivia. Enquanto caminhávamos até a escada, pude ver as pessoas através das janelas. Todos estavam vestidos com sofisticação e seguravam taças. A maioria das mulheres parecia ser mais ou menos da minha idade, o que achei estranho, já que os homens não eram.

— O que você faz mesmo? — sussurrei enquanto ele me levava até o bar. Percebi, quando entramos, que eu não tinha quase nenhuma informação sobre o que estava fazendo ali, além de manter as vagabundas de Hollywood a distância.

— Eu escrevo roteiros — ele respondeu casualmente, enquanto esperávamos que o barman se aproximasse. Parecia estranho haver um bar completo na casa de alguém, mas a sala era enorme, do tamanho de um salão de baile, então talvez não fosse tão esquisito. Lustres salpicavam o teto e uma parede de vidro dava vista para o mar, assim como na casa de Wes, mas em uma escala muito maior. A pessoa que morava ali era ultrarrica. Mais do que Wes, que era apenas muito rico.

Ele me entregou uma taça de champanhe.

— De peças de teatro? — perguntei, enquanto observava o local. Instantaneamente, vi um bando de garotas em um canto, bem-vestidas e prontas para atacar. Elas focalizavam Wes e pareciam ter cifrões luxuriosos nos olhos.

— De filmes.

— Hum. Será que eu conheço algum? — Virei-me para ele, que sorriu.

— Provavelmente. — Ele riu e tomou um gole de um líquido âmbar. Eu podia sentir cheiro de uísque a quilômetros de distância, e isso não me trazia boas recordações. Eu me encolhi e me voltei para as predadoras.

Wes colocou a mão sobre meu ombro nu, os olhos apertados e incertos.

— Qual é o problema?

Respirei fundo e escondi a frustração relacionada ao que tinha me metido nessa confusão — meu pai e seu hábito de beber e jogar. Balancei a cabeça.

— Nada.

Ele se inclinou, segurou meu queixo e olhou em meus olhos.

— Eu sei que tem alguma coisa. Não vou perguntar de novo — alertou.

Despreocupadamente, dei de ombros.

— Odeio cheiro de uísque. Mas não é nada de mais.

Curvando-me, soltei-me de seu aperto. Ele colocou a bebida sobre o balcão e fez um gesto para o barman.

— Mudei de ideia. Gim-tônica — pediu e o homem assentiu.

— Você não precisava fazer isso — comecei, mas ele me cortou, levantando a mão até minha bochecha. Segurou-a e tocou, com ternura, meu lábio inferior com o polegar. Eu quis muito passar a língua em seu dedo para roubar uma pequena prova. Mas me segurei, com medo do que ele pudesse pensar ou fazer.

— Eu quis. Agora, vamos apresentar você à minha mãe.

Com um esforço gigantesco, eu o segui, mas tudo que queria era sair por aquelas portas duplas em direção à praia até chegar ao mar, onde eu prontamente me afogaria. O que é que eu estava fazendo em uma festa extravagante, nos braços de um homem que escrevia roteiros para o cinema e tinha mais dinheiro do que eu veria em minha vida inteira? Eu era a filha de um jogador de Vegas, abandonada pela mãe desde muito nova, que trabalhou a maior parte do tempo como garçonete e só recentemente resolvera tentar ser atriz.

Wes me guiou através da multidão. Fragmentos de conversas sobre férias exóticas, o filme de ação mais recente, quem era quem em Hollywood e que grande corporação estava fazendo o quê inundaram minha mente à medida que passávamos pelos pequenos grupos. Os homens olhavam para mim com admiração; suas mulheres, nem tanto. Lábios inchados e anorexia eram, obviamente, as últimas tendências, as quais eu não seguia, e, em meu vestido, *nada* era deixado para a imaginação.

Seguimos até o fundo do salão, onde havia cadeiras com encosto alto e estantes de livros. Uma mulher, talvez na casa dos cinquenta anos, estava ao lado de um homem que se parecia muito com Wes. Ele também era alto e tinha o cabelo loiro, mas aquele distinto cavalheiro, que usava um terno cinza-escuro, complementando o vestido rosa-pálido de sua mulher, era forte como um jogador de futebol americano, ao contrário de Wes, que tinha a constituição mais enxuta de nadador/surfista regular.

— Mãe, pai — Wes abordou o casal. A mulher tinha o cabelo loiro-claro, quase branco, e olhos azuis surpreendentes. Seus lábios eram cheios como os do filho e estavam pintados com um batom cor de malva que combinava com seu tom de pele. O cabelo estava preso em um coque francês severo, e pérolas pendiam do pescoço e das orelhas. Seu visual era clássico e elegante.

O Channing mais velho bateu nas costas de Wes.

— Filho — disse, com um tom orgulhoso.

Sua mãe prontamente beijou suas bochechas no ar. Aquilo geralmente parecia algo muito pretensioso, mas em seguida ela segurou seu rosto com as duas mãos e sorriu calorosamente para ele.

— Vejo que você aceitou a minha escolha. — Ouvi seu sussurro ao se virar para mim. O nervosismo que senti antes de me encontrar com Wes voltou com força total. A mãe dele me escolhera? Quer dizer, eu sabia que ela e tia Millie se conheciam, mas é meio estranho que a mãe escolha uma acompanhante para o filho. Meio que me deu calafrios.

Wes se virou em minha direção e levou a mão às minhas costas. O contato de sua pele contra a minha enviou um choque pelo meu corpo. Eu havia esquecido que toda a parte de trás do vestido era aberta, fora as alças de contas de cinco centímetros que se cruzavam nas omoplatas. O resto era completamente aberto, até a cintura. Sua mão queimava como brasa no ponto onde seus dedos traçavam pequenos círculos. Tremi e me aproximei dele, mesmo sem ser convidada.

— Mãe, pai, esta é Mia Saunders, minha amiga. — Ele sorriu e eu estendi a mão. — Mia, este é Weston Channing Segundo. E esta é minha mãe, Claire.

— Encantada em conhecê-los, sr. e sra. Channing — apertei a mão de ambos.

A mãe de Wes apoiou um braço no outro e colocou a mão na bochecha. Ela estava corando graciosamente, e deu um sorriso tão largo que parecia estar rindo de uma piada interna. Então se inclinou para o marido.

— Ela não é de tirar o fôlego? — Piscou para mim e balançou a cabeça.

— Hum... Obrigada — respondi, e o pai riu.

— É um prazer conhecê-la, srta. Saunders.

— Ah, pode me chamar de Mia. — Ele fez um aceno de cabeça.

Aparentemente a conversa tinha acabado, pois ele se virou e segurou o braço de Wes.

— Agora, filho, me conte sobre esse projeto que você tem em andamento. Ouvi dizer que querem lhe oferecer três por cento do orçamento. Isso vai render apenas três milhões, quando eles estão conseguindo centenas de milhões com o seu último projeto, a série *Honor*. Você precisa aumentar a aposta. — Sua voz retumbou com um timbre pesado.

A série *Honor*. Weston Channing Terceiro escreveu a série *Honor*! Puta merda! Seus filmes fazem o maior sucesso — com bilheterias gigantescas — desde que o primeiro, *A honra de Jeremiah*, foi lançado, há três anos. Sai um por ano. A maneira inventiva de misturar um soldado em busca da mulher da sua vida com quantidades massivas de sangue, violência, explosões, patriotismo e cenas de amor bem sensuais tornou seus filmes grandiosos, com recordes de bilheteria.

— ... eles vão me dar dez por cento do orçamento total e a oportunidade de dirigir. — A voz estrondosa de Wes me afastou de meus pensamentos. Justo quando eu estava começando a pensar com mais clareza, depois de perceber que tinha sido contratada para passar um mês com a realeza do cinema, duas mulheres vieram por trás dele.

Os dois urubus ficaram esperando, pacientemente, que ele as notasse. Uma delas estava enrolando entre os dedos uma mecha de cabelo loiro oxigenado e usava um horroroso tomara que caia dourado, com os peitos plastificados destacados ao máximo. Examinei seu visual e fiz uma careta. Era tão magra que todas as costelas estavam visíveis. A morena ao seu lado não era muito melhor. Peitos siliconados — na verdade, um parecia maior que o outro, e eu podia ver quase tudo através do tecido fino e colado de seu vestido. Seus mamilos estavam duros, e eu quis avisá-la de que ela precisava esfregar as pontas para aquecê-los antes que passasse vergonha, mas algo me disse que ela os queria exatamente daquela forma.

Hora do show. Eu precisava fazer jus aos cem mil dólares que receberia. Pensar no valor que ia pagar a Blaine mensalmente me fazia querer vomitar. Assim que meu pai estivesse melhor, ouviria poucas e boas por ter se colocado numa situação daquelas novamente.

— Ei, querido, acho que tem algumas pessoas ali. — Apontei aleatoriamente para o outro lado do salão e sinalizei com os olhos para que ele olhasse para trás. Wes notou meu nada discreto movimento e olhou por cima dos ombros. Periguete um e periguete dois prontamente balançaram os peitos falsos em saudação, franzindo então os lábios grossos, repletos de colágeno.

Ele passou um braço ao redor da minha cintura.

— Sempre me mantendo na linha. Obrigado. — Acariciou minha bochecha e eu sorri.

— É um trabalho duro, mas alguém tem que fazer! — Praticamente dei pulinhos de alegria, meu tom de voz muito falso e forçado.

Wes se inclinou e me deu um beijo quente no pescoço, depois me cheirou.

— Humm. Obrigado — sussurrou em meu ouvido. Ele estava tão perto que pude sentir o calor de seus lábios sobre minha pele antes que se afastasse. — A Mia e eu encontraremos vocês no baile de caridade na semana que vem — ele disse.

Sua mãe se aproximou de forma surpreendente, ficando a pouco mais de um palmo de distância.

— Não, não, não. Nada disso. Quero passar mais tempo com a Mia para conhecê-la melhor, querido. — Ela abriu um daqueles sorrisos de mãe, que te fazem sentir como se não houvesse nada mais precioso no mundo do que você. Claro, eu jamais tive isso, mas, se tivesse, tenho certeza de que seria como Claire Channing fez.

Wes enrijeceu ao meu lado.

— Mãe... — alertou.

Ela passou as mãos nas lapelas do filho e fechou um botão da camisa dele. Ri baixinho enquanto ela o atormentava.

— Ah, querido, relaxe. Eu sei que a Mia é apenas uma *amiga*. Portanto, não há mal algum em trazê-la para o brunch de domingo, não é? — ela perguntou, usando um tom que eu sabia estar cheio de chantagem emocional. Por um momento, me perguntei se ela era católica. Minha avó costumava usar aquele mesmo tom, geralmente seguido por uma frase saída diretamente da Bíblia.

Wes suspirou e balançou a cabeça.

— Estaremos lá. Na hora de sempre? — perguntou.

— Esse é o meu garoto. — Ela beijou o ar em ambas as faces, virando-se, em seguida, para mim e fazendo o mesmo.

Caminhamos em direção ao bar mais uma vez.

— Preciso de uma bebida — ele disse, liderando o caminho. Não pude evitar e comecei a rir. — O que é tão engraçado?

— Você sempre faz o que a sua mãe diz! — Eu ri. Assim que chegamos ao bar, me aproximei mais. — Filhinho da mamãe — soltei em seu ouvido.

— Ah, cale a boca! Estou questionando seriamente minha sanidade por concordar com isso. Eu poderia ter escolhido uma Barbie sem cérebro, sabia? — Uma sobrancelha se ergueu bruscamente e seus lábios formaram uma carranca falsa, mas seus olhos o entregaram. Estavam repletos de humor e tinham a cor verde cintilante.

Aproximei-me para implicar com ele novamente, mas cambaleei nos saltos altíssimos. Ele me segurou contra seu corpo. Descansei as mãos em seus ombros quando ele colocou o braço ao redor da minha cintura.

Seus olhos mudaram de verde-claro para um tom escuro e brilhante em um instante. Ele lambeu os lábios, e não pude evitar também lamber os meus. O calor de suas mãos nas minhas costas nuas infiltrou-se em minha pele. Era como se todo o salão tivesse se esvaziado enquanto eu estava em seus braços. Eu podia sentir seu coração batendo contra meu peito.

Tum-tum, **tum-tum**, **tum-tum**.

— Você é encrenca. — Ele apertou os lábios e se inclinou para mais perto. Estávamos a menos de quinze centímetros de distância, no meio de um coquetel de negócios, bem em frente ao bar, onde todos podiam nos ver.

— E você é um filhinho da mamãe. — Desviando-me da situação, me afastei de seu abraço tão rapidamente quanto meus sapatos novos permitiam e me sentei em um banquinho.

— Então é assim que você vai jogar, é? — Ele sorriu, levou a mão até o queixo e acariciou a mandíbula com o polegar e o indicador. — Que comece o jogo, srta. Mia.

4

QUANDO VOLTAMOS PARA CASA NAQUELA NOITE, FINGI ESTAR CANSADA E praticamente corri para o quarto, trancando a porta. Esperei, tentando ouvir através da madeira se ele iria me seguir. Apesar de querer estar com ele entre os lençóis, eu realmente deveria manter distância entre nós. Não tive tempo suficiente para me convencer de que não deveria me conectar emocionalmente a Wes. Ele foi tão gentil, tão humilde, fazendo questão de me incluir em todas as conversas de negócios, mesmo as mais casuais. Era sensato que eu me lembrasse do meu lugar. Eu não era nada além de uma funcionária contratada.

Por outro lado, por que eu não podia me divertir? Eu era adulta, ele era um homem incrivelmente sensual e disponível. Éramos jovens e ficaríamos quase um mês juntos. Se a química sexual desta noite indicasse alguma coisa, eu apostaria minha moto que ele era fantástico na cama. Seria bom fazer sexo, me deixar levar. Fazia um ano que eu não transava, e meu vibrador não estava mais dando conta. Eu precisava dessa conexão física. O corpo quente de um homem.

Fiquei parada no meio do quarto, olhando para todos aqueles tons de branco. A cama parecia uma nuvem macia. Eu apostava que era confortável também. Wes não parecia o tipo de cara que poupava em tecidos de luxo para seus convidados. Não, ele garantia que tudo fosse perfeito. Caminhando ao redor do cômodo, pensei no meu próximo passo. Ele estava lá fora, em algum lugar. De acordo com o relógio sobre a mesa de cabeceira, já era tarde. Uma da manhã. Tínhamos tido uma grande noite. De brincadeira, contei quantas mulheres interesseiras se aproximaram dele e quantas vezes fiz cara de nojo. *Vinte e quatro*. Ele teve vinte e quatro admiradoras esta noite. Fazia total sentido precisar contratar um escudo. Se ele tivesse passado algum tempo conversando com aquelas mulheres, não teria feito contato com nenhum dos produtores, diretores ou atores que estavam no evento.

E Wes estava perfeitamente ambientado. Movia-se ao redor do salão como o óleo gira ao redor da água, furtivo, fluido, e nunca permanecia mais tempo com uma pessoa do que com as outras. Eu tinha certeza de que havia um método nessa loucura, mas não perguntei. Apenas o segui e agi como um escudo. Quando um palito com peitos se aproximava, eu me apresentava e fazia questão de me inclinar e tocá-lo, para que a mulher fizesse uma carranca e rastejasse para longe, como a serpente que era. Todas eram. Além da mãe de Wes, Claire, não conheci uma única mulher decente. E poucas tinham mais de vinte e cinco anos. Parecia que os homens mais velhos da indústria do cinema gostavam de ter beldades presas a eles. As mulheres só ficavam ali ao lado, com os olhos insípidos encarando fixamente algo pela janela enquanto se balançavam sobre os saltos agulha e tomavam champanhe absurdamente caro. Provavelmente passavam a noite chapadas de tanto beber, mas não a ponto de se tornar inconvenientes.

Acho que, se você parar para pensar, eu não era muito diferente. Tecnicamente, eu estava ao lado de Wes pela mesma razão que todas elas estavam ali: dinheiro. Eu precisava de grana e, se elas *precisavam* ou *queriam*, realmente não fazia diferença. Ao pensar nisso, meu estômago se contraiu desconfortavelmente. Aquela revelação me fez sentir uma onda de enjoo e repulsa.

Sem perceber o que estava fazendo, comecei a caminhar pela casa às cegas. Quando cheguei à sala de estar, entrei em um corredor que não tinha visto antes. Havia um único conjunto de portas duplas no final. Pressionei o ouvido contra elas e pude ouvir o som de uma televisão. Surpreendendo a mim mesma, bati.

— Entre — ouvi Wes dizer.

Inspirando profundamente, abri a porta. Ele estava sentado, recostado na cabeceira da cama de madeira maciça. O quarto era escuro, parecido com uma caverna. Tinha uma lareira acesa de um lado e, do outro, uma parede toda de vidro — que eu suspeitava ter vista para o mar, já que sabia de que lado da casa estávamos. As cortinas estavam quase todas fechadas. Móveis masculinos, de madeira pesada, preenchiam as paredes. Olhei para a TV, pausada no que parecia ser um jogo de futebol.

Wes não disse nada quando, finalmente, meu olhar encontrou o seu. Não se moveu um centímetro sequer. A pele de seu peito nu brilhava num tom dourado à luz da lareira enquanto ele se reclinava, usando apenas a calça do pijama. Meu Deus, ele era uma obra de arte. A luz do fogo cintilava pelas ondulações do abdome musculoso e do peitoral definido, me fazendo salivar. Meu coração começou a bater muito forte, e eu tinha certeza de que ele também podia ouvir. Em vez de fingir que queria perguntar algo ou que estava perdida e voltar para meu quarto, coloquei a mão no fecho do vestido e o puxei.

Em um movimento rápido, a peça caiu no chão, formando uma pilha de seda púrpura. Wes ofegou quando joguei para trás os cabelos que estavam caídos na frente do meu corpo. Fiquei perfeitamente imóvel, usando apenas uma calcinha mínima de renda preta e sapatos de salto alto.

— Venha aqui. — Sua voz era profunda e tensa. O tom descontraído de antes, de quando nos conhecemos e do coquetel desta noite, desaparecera. Em seu lugar havia controle, desejo e luxúria. Minhas três coisas favoritas.

Com empenho, caminhei como um felino até a lateral da cama, parando a meio metro dele. Eu podia sentir o calor da lareira tocar minha pele, aquecendo-a. Quando o olhar de Wes observou cada centímetro do meu corpo, meus mamilos endureceram dolorosamente, enquanto o espaço entre minhas pernas latejou. A cada minúsculo movimento de seus olhos sobre uma curva, uma parte nua, meu clitóris pulsava, implorando para ser tocado.

— Vire-se — foi a segunda coisa que ele disse depois que entrei. Não falei nada. Ainda de sapatos, girei, mostrando a ele o meu traseiro. Ele grunhiu baixinho com a visão.

O calor do fogo aqueceu a parte da frente do meu corpo, e, quando pensei que morreria com a expectativa, uma carícia, leve como uma pluma, começou em minha nuca, descendo pelo pescoço e se movendo lentamente pela coluna, tocando cada curva e saliência. Ofeguei ao sentir que o mesmo calor que me envolvia na frente atingiu também minhas costas, mas não vinha da lareira. O cheiro de mar e de homem permeava o ar ao meu redor, e eu fechei os olhos. Quando o toque leve ficou mais intenso, a mão de Wes segurou meu braço e me puxou para ele. Pele contra pele.

Pude sentir sua respiração em meu pescoço quando ele afastou meu cabelo para o lado. O outro braço me envolveu, e uma mão forte apertou um seio nu assim que seus lábios tocaram a base sensível do meu pescoço. Não pude evitar. Gemi no momento em que o polegar e o indicador pressionaram a ponta dura, enviando ondas de excitação por todas as minhas terminações nervosas.

— Linda, nós precisamos definir algumas regras básicas. — Sua voz era um murmúrio contra minha pele. Ele girou a língua sobre um ombro e deu uma mordida.

Eu gemia.

— Regras básicas? — Mal consegui pronunciar as palavras enquanto desfrutava de seus dedos talentosos puxando e esfregando meus mamilos. Meu corpo estava em estado de alerta máximo, suas mãos massageando e acariciando meus seios à medida que aqueles dedos implacáveis provocavam em cada mamilo uma doce tortura.

— Regra número um: vamos fazer uma quantidade insana de sexo este mês. — Ele pressionou as duas pontas ao mesmo tempo, com mais força. Gritei em êxtase, o calor entre minhas pernas encharcando o fio de tecido que eu usava.

— Isso é uma regra? — perguntei, sem fôlego, inclinando-me mais em sua direção, pressionando a bunda contra sua grossa ereção. Me pareceu uma regra boa demais.

Wes gemeu e contra-atacou, torcendo meus mamilos e adicionando uma quantidade perfeita de dor ao prazer.

— Regra número dois: enquanto estivermos juntos, somos apenas eu e você. Pelo mês inteiro nós vamos ser monogâmicos.

Mordi o lábio e me concentrei em movimentar os quadris, pressionando o que eu podia sentir que era um pacote bastante impressionante.

— Concordo.

Ambas as mãos se afastaram do meu peito por um instante para em seguida voltar, meio molhadas. Elas deslizavam suavemente em cada aréola e eu derreti, quase incapaz de me manter em pé.

Ele deve ter sentido minha instabilidade e se mexeu para colocar um braço ao redor da minha cintura, me prendendo, mas manteve a doce sedução em meus seios. Caramba, o homem era meu novo herói. Se ele continuasse com aquilo, eu gozaria sem sequer ter sido penetrada. Estendi um braço para trás, segurando-o pelo pescoço, curvando meu corpo em sua mão, desejando demais beijá-lo, mas seu aperto em minha cintura e a pressão firme de seu corpo em minhas costas me impediram.

— Regra número três: nós *nunca* vamos dormir na mesma cama. Não queremos confundir isto com algo que não é. Eu gosto de você, Mia. Muito. Não quero magoá-la fazendo você acreditar que estou em condições de ter um relacionamento. Tudo bem? — A mão que estava em minha cintura se moveu para baixo, muito baixo, até que estava ali, *bem* onde eu mais queria.

— Ah, puta merda, entendi — eu disse, mexendo os quadris contra seu dedo em movimento. E eu entendia. Nós queríamos a mesma coisa: amizade e alívio físico.

Ele riu contra meu pescoço, os sopros de ar movimentando meu cabelo. De repente ele me virou, caiu de joelhos e desceu minha calcinha. Ela ficou presa em meus tornozelos, já que eu não havia tirado os sapatos. Quando meu olhar se fixou no seu, ele me abriu com os polegares, tocando-me com a língua, descendo direto para o clitóris.

— Oh, oh, oh. — Fui relegada a monossílabos e nada mais.

Entre lambidas, eu podia jurar que ele começou a falar. Meu cérebro teve muita dificuldade para entender, mas finalmente ele se afastou e eu voltei a lhe dar total atenção, agarrando seu cabelo, tentando empurrá-lo de volta para minha fenda sensível.

— Regra número quatro. — Seus olhos brilharam e ele inalou meu cheiro. Em seguida lambeu os lábios, como se estivesse degustando uma iguaria em um banquete. — Nunca se apaixonar — disse com um sorriso, sugando então a protuberância pulsante, passando a língua na ponta.

Quase caí. Inclinei-me para trás, e ele me ajudou a me deitar na cama, com as pernas balançando sobre a beirada, abrindo-as ao máximo — com ele entre elas.

— Isso pode ser impossível... — sussurrei, enquanto sua língua se movia sobre meu sexo. Eu estava no limite quando ele parou no meio de uma combinação perfeita da língua e do dedo em ação. Gemi alto.

— Como é? — ele disse, a voz firme como o fio de uma navalha. Segurei seus cabelos e me apoiei nos cotovelos.

— Relaxa, Wes. Estou apaixonada pela sua língua. Agora retome a ação e me faça gozar para que eu possa retribuir o favor.

O sorriso mais sexy que já vi surgiu em seu rosto.

— A melhor decisão que eu tomei na vida foi contratar você. — Ele lambeu os lábios e se inclinou para se deliciar na carne molhada. Levantei os quadris.

— Prove — desafiei. E ele o fez, repetidas vezes.

— Por que mesmo nós vamos jantar com esse cara? — perguntei, enquanto Wes me guiava até o elevador que nos levaria a um restaurante no topo de um arranha-céu. Eu morava em Los Angeles havia seis meses e nunca tinha ido a um jantar elegante durante esse tempo. Isso me fez pensar em como minha vida amorosa era triste. Pelo menos, com este trabalho, comecei a experimentar as coisas boas da vida... Eu esperava que fosse um efeito colateral agradável. Acho que dependeria do cliente. Agora, porém, eu estava segurando a mão daquele que eu considerava o homem mais sexy do mundo — e aproveitando ao máximo.

Na noite passada, depois que ele me satisfez várias vezes com a boca, retribuí o favor, dando a ele o que eu consideraria um boquete de primeira. Depois que ele gozou, tomamos banho juntos e conversamos. Quando notei que ele ficou duro mais uma vez, prontamente me pus de joelhos e cuidei dele. Em seguida ele me levou, com os dedos, a mais um estado de felicidade saciada. Por estranho que pareça, esta manhã percebi que ainda não fizemos sexo de verdade. Além disso, não nos beijamos. Foi, de longe, a melhor experiência sexual que já tive, no entanto o lado emocional foi deixado para trás. Talvez esse fosse, na verdade, o truque. Minha melhor amiga, Ginelle, e todas as outras amigas já tinham descoberto isso.

Apenas trepar... sem amarras.

Para mim, isso não era nada natural. Ainda que eu me considerasse uma pessoa forte, cheia de atitude e sempre focada em meus objetivos, me apaixonei por cada homem com quem transei.

Cada um deles.

Depois da noite passada, porém, me senti melhor com Wes do que jamais me senti com qualquer um deles, e tudo se baseou em respeito mútuo, amizade e uma boa quantidade de orgasmos perfeitos. Depois de terminarmos o banho, ele ficou no quarto e eu segui pelo corredor, passando pela sala de estar e me jogando na cama assim que cheguei ao meu quarto. Lembro-me vagamente de Wes me cobrir e beijar minha testa com um "Boa noite, linda". Então, acordei com minha agenda do dia sendo enfiada debaixo da porta, e ovos com bacon na mesa do café da manhã. Enquanto Wes e eu analisávamos os compromissos da semana, a sra. Croft nos serviu. Wes explicou os pontos mais delicados — se um evento era casual ou não, por exemplo — e eu fui fazendo anotações sobre roupas, cronogramas e objetivos de cada saída.

Parecia um trabalho de verdade. Como se eu fosse a assistente pessoal de Weston Charles Channing Terceiro e não uma prostituta. Tecnicamente eu não era uma prostituta, embora tivesse tido contato sexual com ele no primeiro encontro. Mas isso foi porque eu estava com tesão, me sentindo sozinha e mal comigo mesma. E ele era gostoso. Wes definitivamente resolveu meu problema e definiu as regras. Eu estava feliz com elas e planejava cumpri-las. Sem trepar com outras pessoas, nada de dormir juntos, no sentido real de dormir, e não se apaixonar. Mole, mole.

Wes apertou o botão para o último andar e se inclinou contra a parede do elevador.

— É uma reunião com o diretor principal do quarto filme da série *Honor*, que se chama *Código de honra*. É sobre um soldado que escreve mensagens e códigos secretos para seus oficiais enquanto atua como agente infiltrado junto ao inimigo. Ele envia mensagens para a namorada com os mesmos códigos, mas ela não sabe o que significam até que ele a leva em uma viagem para que ela aprenda a decifrá-las.

Sorri para ele, observando que seus olhos se iluminaram ao contar o enredo.

— Parece muito romântico.

Ele sorriu e levantou as sobrancelhas.

— Essa é a ideia. Isso atrai as mulheres para filmes que são mais voltados aos homens. Sangue, violência, explosões, militares, espionagem, coisas com as quais os caras se identificam.

Assenti e o acompanhei enquanto ele me levava a uma mesa elegante com quatro cadeiras. Um homem de terno e uma loira miúda já estavam sentados ali.

— Sr. Underwood, sra. Underwood. — Wes estendeu a mão para apertar a deles. — Bom ver vocês. Esta é minha amiga, Mia Saunders.

Eu os cumprimentei e Wes puxou a cadeira para que eu me sentasse. Sorri para ele e seus olhos se suavizaram momentaneamente antes de voltar à postura de homem de negócios. A bela loira ao meu lado disse que seu nome era Jennifer e elogiou meu vestido. Na verdade era um traje bastante simples, azul-royal com um recorte na gola em V profundo, o que oferecia um bom decote, mas, tirando isso, era transpassado na frente, amarrado ao lado, sem nenhum outro enfeite. Eu usava o cabelo solto e alisado, como uma cortina preta brilhante nas costas. A melhor parte da produção eram os sapatos.

A sra. Croft podia se parecer com Mary Poppins, mas devia ter cartão fidelidade em lojas como Prada, Gucci e Louis Vuitton e estar por dentro das últimas tendências, pois acertou em cheio nas ankle boots Louis Vuitton. Se eu não conseguisse alcançar meu objetivo com esse emprego em um ano, pelo menos teria um bom dinheiro em sapatos e roupas de grife, se precisasse. Esse par custava mil duzentos e cinquenta dólares na internet. Podia parecer meio interesseiro, mas tive que verificar.

— O vestido não é nada. Dê uma olhada nestes sapatos! — Mostrei meu pé e imediatamente começamos a tagarelar sobre roupas, designers e o que ela fazia durante o dia. Basicamente nada. Ela era, oficialmente, uma esposa-troféu e passava os dias cuidando para que as necessidades do sr. Underwood fossem atendidas. Percebi que isso significava que ela fazia o que queria o dia inteiro, se certificava de que a cozinheira preparasse o que o marido gostava, que a empregada cuidasse das roupas dele, mantivesse a casa limpa e que ela estivesse deslumbrante, depilada, definida e pronta para quando ele chegasse em casa depois de trabalhar o dia todo.

— É verdade. Não sei o que fazer sozinha — Jen sussurrou. Isso aí, em vinte minutos já estávamos nos tratando pelo primeiro nome e ela estava me contando seus problemas. Eu tinha esse efeito sobre as pessoas. Descobri que ela conhecera o marido, com quem se casara havia apenas um ano, no auge de seus vinte e três anos (ele tinha trinta e oito), quando fora escalada como figurante em um de seus filmes. Aparentemente, fora amor à primeira vista (ou desejo à primeira vista). Ri internamente da minha própria piada.

Retorcendo os lábios, inclinei-me para perto dela.

— Por que você não faz trabalho voluntário ou algo assim? Tem algum hobby?

Seus grandes olhos azuis, como os de uma corça, piscaram alegremente.

— Eu amo nadar. Nado todos os dias! — Ela realmente parecia gostar. Seu corpo era esbelto, mas não da forma anoréxica que era moda em Hollywood. Ela definitivamente tinha peitos falsos, mas eles ficavam bem em seu manequim trinta e oito.

— Você poderia fazer trabalho voluntário em alguma instituição de jovens — sugeri, mas ela franziu o rosto e balançou a cabeça.

— Acho que o Jay não iria gostar muito.

Refleti a respeito por um minuto.

— Você gosta de crianças?

Mais uma vez, seus olhos se iluminaram como velas em um bolo de aniversário.

— Eu amo crianças! Acredite ou não, eu era professora de pré-escola antes de conhecer o Jay. — Ela olhou para o marido e seu sorriso se ampliou. Vi quando ele olhou para ela, piscou e continuou a conversar com Wes. Ela se virou para mim, mais animada do que antes. Era contagiante de tão feliz que estava.

— Por que você não trabalha com crianças, ou, melhor ainda, por que não tem um filho?

Sua cabeça oscilou, como se tivesse sido atingida. Então ela olhou para Jay e depois para mim.

— Estamos casados há um ano, e namoramos por poucos meses antes disso. Você não acha que é muito cedo? — ela perguntou, embora eu pudesse ver suas engrenagens funcionando.

Dei de ombros e tomei um grande gole do meu vinho.

— Não importa o que eu acho. Só importa o que vocês dois acham e querem. Se você quer ter filhos e é jovem o suficiente para isso, vá em frente. Além disso, ele é quinze anos mais velho que você. Pode ser mais difícil para alguns nadadores encontrarem o caminho. Talvez leve algum tempo até você engravidar. — Recostei-me na cadeira, despreocupadamente.

Enquanto pensava nisso, Jen foi ficando entusiasmada. Suas costas estavam eretas, os joelhos balançando, e ela não conseguia parar de se mexer e sorrir. Seus olhos estavam fixos no marido. Novamente, ele se virou e olhou para ela. Mas desta vez levantou um dedo para Wes, para interromper o que estavam falando. Eu havia me desligado da conversa dos homens quando percebi que Jen não era uma loira burra.

— O que houve, querida? — Jay perguntou à mulher.

Ela abriu um grande sorriso, e juro que ele poderia levar a paz ao Oriente Médio.

— Só estou feliz. Mal posso esperar para conversarmos quando chegarmos em casa. — Ela se inclinou e colocou a mão sobre a dele na mesa. Ele chegou perto dela, deu um selinho em seus lábios e acariciou seu nariz.

— É algo que não pode esperar? — perguntou, preocupado, redirecionando completamente o foco para a mulher.

Ela o beijou suavemente e balançou a cabeça.

— Não, é uma coisa boa. Muito boa.

Wes se inclinou e deslizou um braço ao meu redor.

— Algo que eu deva saber? — perguntou, em tom conspiratório.

— Dou o serviço mais tarde — sussurrei em seu ouvido, me referindo à fofoca.

— Estou contando com isso. — Ele acariciou meu pescoço. — E vou querer saber o que está acontecendo ali também. — Gesticulou, inclinando a cabeça para o casal feliz que parecia estar sonhando acordado. Dei risada de sua insinuação evidente.

O jantar transcorreu sem problemas. Aparentemente, ajudei a manter Jen ocupada, o que permitiu que Jay se sentisse à vontade para discutir o próximo filme. No fim das contas, ele deixaria Wes dirigir várias cenas do casal, com diálogos mais pesados e, possivelmente, as cenas românticas na cama. Achei aquilo hilário e ri quando ele contou.

Os olhos de Wes encontraram os meus e se estreitaram.

— Desculpem. Lembrei de algo engraçado que aconteceu mais cedo. Não se incomodem comigo — falei, mas podia dizer, pela forma como Wes colocou a sobremesa de lado, que eu levaria uma bronca mais tarde.

— O que foi tão engraçado? — ele perguntou quando Jay saiu para fumar e Jennifer foi com ele.

Afastando o guardanapo, inclinei-me para perto dele.

— Só achei engraçado que o sr. Não-Estou-Em-Condições-De-Ter-Um-Relacionamento vai dirigir cenas românticas. Me pareceu completamente fora da sua zona de conforto. Só isso. — Eu ri.

Senti que havia tocado em seu ponto fraco quando ele levou a mão para a base do meu pescoço.

— Você não reclamou ontem à noite. — Sua voz baixou para aquele timbre sensual, o mesmo de quando ele estava ditando as regras. Isso fez o fogo tomar meu corpo, aquecendo o espaço entre minhas pernas.

Estávamos perto, tão perto que a distância entre meus lábios e os seus era de quatro ou cinco centímetros. Com certeza perto o suficiente para que ele pudesse sentir minha respiração em sua boca enquanto eu falava.

— A noite passada foi foda... — Ele inspirou e lambeu os lábios. Estava tão gostoso e eu o queria tanto. — Tirando... — acrescentei — ... o fato de que nós não fodemos de verdade. — Deixei a palavra "fodemos" rolar de meus lábios. — Nós fizemos sexo, não romance.

A mão de Wes segurou meu pescoço enquanto seu polegar acariciava minha bochecha e seus lábios se aproximavam ainda mais, mas sem tocar os meus. Eu praticamente senti o gosto do café que ele tomou depois do jantar.

— É isso o que você quer? Romance? — ele perguntou, seus lábios pairando contra os meus.

— Não. Eu quero foder... — Mal soltei a palavra e senti uma mão pesada pousar em meu ombro.

— Dois pombinhos apaixonados! — Jay Underwood quebrou o clima, e nós nos ajeitamos na cadeira. Eu estava começando a pensar que jamais sentiria o gosto suculento de sua boca, a pressão de seus lábios nos meus, e eu queria tanto... Caramba! Eu estava ficando muito impaciente com isso, mas de jeito nenhum daria o primeiro passo.

Wes cobriu a boca com a mão. Tenho certeza de que foi para encobrir a risada silenciosa.

— Mais tarde, linda. Temos a noite toda — prometeu.

— Sim, sim. Já ouvi isso antes. — Fingi um bocejo, levantei meu chá e tomei um gole. Morno. Blergh.

Sua boca se abriu e ele balançou a cabeça, os olhos verdes deslumbrantes à luz das velas.

— Desafio aceito.

5

Mal cruzamos a porta quando Wes me virou e usou seu corpo para me pressionar contra a parede. Seus lábios foram imediatamente para a pele sensível do meu pescoço. Ele lambeu a longa trilha entre minha clavícula e a parte de trás da orelha. Os pelos na minha nuca se eriçaram, arrepios percorreram minha pele enquanto eu fechava os olhos. As mãos de Wes passaram por debaixo da minha saia e sobre a minha bunda, então ele levantou uma de minhas pernas e depois a outra, sem o menor esforço, colocando-as ao seu redor. Ergueu meu corpo longilíneo e cheio de curvas contra o seu e me pressionou com força de encontro à parede.

— Vou entrar tão fundo que você vai me sentir na garganta — prometeu.

— Cacete... — falei enquanto ele me carregava na direção do meu quarto.

— Exatamente. — Ele mordeu meu pescoço, arrastando os dentes pela base esbelta.

Cada nervo, cada poro, cada molécula minha estava concentrada em se fundir a esse homem.

Sem rodeios, ele me jogou na cama e olhou para baixo.

— Tire o vestido — exigiu. Seus olhos estavam escuros, repletos de luxúria. Eu podia dizer que ele estava tentando se controlar, pois abriu e fechou as mãos, os tendões em seu pescoço inchados de desejo.

Puxei o vestido sobre a cabeça e fiquei de joelhos, usando um sutiã azul-escuro e fio dental combinando. Ao me ver exposta, ele respirou fundo e assobiou.

— Sua vez. Tire o terno — eu disse, enquanto passava as mãos sobre as taças do sutiã. Sua mandíbula estava apertada quando ele deixou cair o paletó e a gravata rapidamente, e abriu a camisa para revelar o peito bronzeado que eu tanto amava. Mordi o lábio. — Tudo. Quero tudo de fora. — Minha voz soou rouca e necessitada.

Wes sorriu. Lentamente, tirou o cinto e baixou a calça. Pegando um preservativo do bolso, rasgou-o com os dentes e o colocou em sua ereção, tudo sem quebrar o contato visual. Levei a mão às costas e abri o fecho do sutiã. Assim que sua calça caiu no chão, a peça a seguiu.

— Cacete, não consigo nem olhar para você. — Sua voz estava cheia de admiração. — Tão linda. — Ele apertou os dentes com tanta força que eu pude ouvir o barulho.

Minha sobrancelha se ergueu e eu observei toda a sua glória nua. Alto, bronzeado, músculos definidos e um pau duro e grosso, pronto para dar prazer.

— Você também não é nada mal — falei enquanto apreciava a vista.

— Prove — ele provocou com um sorriso. Minhas palavras de ontem à noite se voltaram contra mim, revelando que ele prestava muita atenção nas nossas interações. Isso me deixou feliz, tonta, de uma forma que eu não queria pensar muito a respeito.

Engatinhando para a beirada da cama, coloquei as mãos em seu peito rígido. Inclinei-me e lambi um mamilo. Ele gemeu e grunhiu baixo quando mordisquei o pedaço de carne. Suas mãos envolveram meus cabelos. Levei o rosto para perto do dele e oscilei sobre seus lábios, próxima o suficiente para que ele pudesse sentir minha respiração. Ele lambeu a boca, preparando-se para aquele primeiro toque. Mas eu não cedi. Em vez disso, beijei apenas o canto de seus lábios.

— Está brincando comigo? — ele perguntou, em um tom divertido.

Passei o queixo ao longo de sua bochecha. Em seguida, mordisquei e lambi o lóbulo de sua orelha.

— Do que você está falando? — sussurrei, certificando-me de soprar ar suficiente contra o ponto sensível, de modo que ele entendesse minha intenção.

Seus dedos seguraram meus quadris e se enrolaram em minha calcinha, puxando-a para baixo sem a menor cerimônia. Engoli em seco quando o ar encontrou meu centro molhado.

— Acho que você está — ele respondeu e, em seguida, empurrou-me para trás, sobre a cama. Caí em uma lufada contra a nuvem confortável de cobertores.

Assim que abri os olhos, suas mãos estavam em meus joelhos. Ele os afastou, viu meu sexo úmido e dolorido e gemeu. Passou um dedo pela umidade. Também gemi quando ele acariciou meu feixe de nervos sensível e apertado.

— Vou te devorar. — Seus olhos brilharam para os meus. — Mas primeiro preciso estar dentro de você.

Ele se posicionou sobre a minha fenda e colocou apenas a ponta ali dentro. Arqueei, querendo mais, precisando de mais. Usando a força do torso, ele pairou sobre mim.

— Olhe para mim enquanto possuo você pela primeira vez — disse, com um rosnado sexy e possessivo. E eu olhei. Assisti enquanto ele me tomava centímetro por centímetro. Os lábios do meu sexo foram estendidos, sua espessura me fazendo sentir completa, no limite da capacidade, mais que qualquer outro amante que já tive.

Gemi, inclinando a cabeça para trás, sem ser capaz de olhar enquanto ele enfiava os últimos centímetros para dentro. Já estava muito profundo.

— Mia — ele sussurrou, com a voz tensa. Meus olhos se abriram e encararam seu olhar repleto de luxúria. Apoiando-se nos cotovelos, ele segurou meu rosto com as duas mãos. Levou os quadris para trás e começou a se mover enquanto seus lábios tomavam os meus. Unidos naquele momento como um corpo só, não havia Wes ou Mia. Havia apenas nós.

O beijo foi ardentemente sensual, molhado e avassalador. Ele mergulhou a língua em minha boca, da mesma forma que seu pau entrou em meu corpo. Com precisão, profundidade e muito prazer, exatamente como eu me sentia, estremecendo com o esforço.

Envolvi as pernas e os braços ao redor dele, segurando-o enquanto ele me penetrava cada vez mais, seu membro alcançando lugares que eu nem sabia que existiam. Ele desencadeava sentimentos tão intensos que eu gritei e me agarrei a ele quando a primeira onda de orgasmo atingiu meu corpo.

— Puta merda, Mia. Você me aperta de um jeito tão gostoso. Mais uma vez, linda. — Wes me conduziu pelo orgasmo, mas não encontrou sua própria libertação. Nossa, o homem tinha uma energia... Tirei a sorte grande quando minha tia me encaminhou para ele.

Wes chupou meus lábios e, em seguida, saiu de dentro de mim. Antes que eu pudesse protestar, ele me virou e puxou meu quadril para cima.

— Porra de traseiro perfeito. Caramba, Mia. — Ele deu um tapa em um lado, voltando para o calor entre minhas pernas antes mesmo que a ardência provocada pelo contato deixasse minha pele.

— Porra, você sabe mesmo o que está fazendo — gemi, empinando os quadris.

Ele agarrou minhas laterais e estabeleceu um ritmo punitivo. Eu podia ouvir os sons dos nossos corpos se chocando um contra o outro.

— Preciso daquele apertão no meu pau de novo — Wes rosnou quando se inclinou sobre mim e colocou a mão entre minhas pernas. Seus dedos se concentraram em meu gatilho, e eu me perdi. Estremecendo ferozmente, as paredes do meu sexo apertaram seu pau duro até que ele rugiu. Mais três estocadas rápidas e todo o seu corpo ficou imóvel sobre a minha bunda enquanto ele pulsava dentro de mim.

Wes desabou sobre meu corpo, sua respiração saindo em ondas curtas contra os pelos da minha nuca. Nós dois estávamos sem fôlego, perdidos em nosso prazer. Ele saiu de dentro de mim e me puxou para seu peito. Passamos os minutos seguintes nos beijando como adolescentes. O quarto cheirava a mar, sexo e restos mortais do meu perfume, Trésor. Praticamente a perfeição. Se pudesse engarrafar esse cheiro, eu o usaria todos os dias.

Deitados juntos, me curvei contra seu peito.

— Então, me conta alguma coisa...

Wes riu.

— Você poderia ser mais específica?

Dei de ombros.

— Me conta algo sobre você. — Com um dedo, tracei círculos sobre seu peito.

Ele suspirou.

— Humm, você sabe que eu amo escrever roteiros de cinema. — Assenti com a cabeça. — E surfar. — Ele piscou e eu sorri. — Você conheceu meus pais e minha babá. Bom, ela era minha babá quando eu era menino. Agora ela cuida da casa.

— A sra. Croft?

Ele assentiu.

— O que mais tem para saber?

Olhei para ele, estreitando os olhos.

— Muita coisa. Você tem irmãos?

— Uma irmã. Mais velha que eu. Casada, mas sem filhos. Ela é professora em uma escola primária. O marido é o diretor da escola.

— O que basicamente explica como eles se conheceram. — Balancei as sobrancelhas e ele piscou. — Qual é o nome dela?

— Jeananna. E você, tem irmãos?

— Sim, uma irmã. Maddy, ou melhor, Madison. Cinco anos mais nova. Ela tem dezenove e está na faculdade em Las Vegas.

— Por que você se mudou para cá?

Aconcheguei-me mais perto dele.

— Eu precisava de uma mudança. E achei que atuar era minha vocação. Ainda acho, mas... — Não queria entrar na história da minha vida.

— Mas? — ele perguntou e eu balancei a cabeça. — Se você queria ser atriz, como é que virou acompanhante?

— Dinheiro. — Dei de ombros. — Você é o meu primeiro, sabia? — confidenciei. Ele se virou para mim e ficamos frente a frente. Seu rosto estava confuso. — Meu primeiro *cliente* — expliquei.

— Ah. E que tal? — Ele sorriu.

Fingi indiferença.

— Hum... sete, numa escala de zero a dez, eu diria.

Ele rolou sobre mim, prendendo meus braços ao lado do corpo.

— Ei! — repreendi, com um grande sorriso estampado no rosto.

— Sete? Você me dá um sete, mesmo sem ter base de comparação? — Ele me deu um beijo babado. Suas mãos tocaram minhas costelas e, instantaneamente, comecei a me contorcer. Eu uivava de tanto rir. Quando ele viu como eu sentia cócegas, começou a cutucar minhas costelas, cintura e coxas até eu me debater e gritar para ele parar, o riso distorcendo minha visão.

— Admita! Eu sou um gigantesco dez. — Ele diminuiu a velocidade e então parou com a tortura.

— Tudo bem, tudo bem. — Inspirei profundamente o ar abençoado em meus pulmões. — Posso dizer que você é um sólido oito. — Ele mexeu os dedos novamente. — Tudo bem, nove! — gritei e ele continuou com as cócegas. — Nove e meio! — Ele parou.

— Nove e meio dá margem para aperfeiçoamento... — Seus olhos brilhavam de alegria. — Vou reverter isso e transformar em dez antes que o mês acabe!

Fiquei sozinha nos dias que se seguiram, pois Wes estava trabalhando em seu estúdio no filme *Código de honra*. Ele voltava para casa todas as noites. Jantávamos juntos, assistíamos a um filme ou ele lia um livro. Então ele me extasiava, antes que um de nós se levantasse e fosse para seu próprio quarto. A rotina funcionava melhor do que eu imaginara. Eu tinha muita diversão e sexo mais que fenomenal, sem o risco de que emoções irritantes atrapalhassem. Esse negócio de acompanhante era demais.

Tombei para o lado depois de dar uma tremenda cavalgada em Wes.

— Agora, linda, isso sim foi a porra de um dez! — ele elogiou. Rindo, belisquei seu mamilo de brincadeira. — Ai! Megera!

— Você é louco, sabia? — Ele se inclinou e me beijou, a mão deslizando em meu cabelo, me puxando para cima dele. — De novo?

— Não tenho culpa. Você deixa meu pau mais duro que uma prancha de surfe. — Ele lambeu minha boca e apertou a parte carnuda do meu quadril.

— Você realmente comparou seu pau com uma prancha? — Ele parou de beijar e me olhou, um brilho sério no olhar.

— Comparei, não é?

Acenei, concordando, erguendo muito as sobrancelhas.

— O seu corpo me deixa burro, e eu esqueço como se faz para juntar as palavras — ele se desculpou.

— Que seja! Estou dolorida e preciso dormir. Então, levante e leve essa bunda sexy de volta para o seu quarto. — Escorreguei de cima do seu corpo novamente, acomodando a cabeça no travesseiro e me aconchegando no edredom.

A mão de Wes deslizou para cima e para baixo em minhas costas.

— Não está esquecendo de nada, linda? — ele perguntou, as palavras com um toque de humor. Abri um olho enquanto ele me encarava. — Você está na minha cama — terminou com um sorriso.

— Ai, cacete — bufei, jogando as cobertas para o lado e pulando para fora da cama enquanto ele se aninhava no edredom. Saindo de seu quarto completamente nua, ouvi-o dizer:

— Amanhã é o brunch com meus pais. Esteja pronta às dez!

— Vá se danar! — gritei por cima do ombro. Assim que me virei em direção ao meu quarto, dei de cara com Judi. Seus olhos se arregalaram quando ela viu meu corpo nu.

— Puxa! Jesus amado — ela ofegou, cobrindo os olhos. A surpresa fez seu sotaque se acentuar.

Eu me encolhi e me apressei, passando por ela.

— Desculpe, sra. Croft. Eu não queria assustá-la — falei. Do fim do corredor, pude ouvir Wes, o filho da mãe, se matando de rir. Ele deve ter ouvido quando fui flagrada por Judi. Ótimo. Ela já achava que eu era uma prostituta contratada, agora provei que ela estava certa.

— Você está adorável, Mia — a mãe de Wes elogiou, me puxando para seus braços. Foi estranha a sensação de receber um abraço maternal, como se ela realmente quisesse me dar carinho.

— Obrigada, sra. Channing. Sua casa é muito bonita. — Ela sorriu e eu olhei ao redor do solário, que estava arrumado para o brunch de domingo. Um mordomo me ofereceu um coquetel em uma taça de cristal.

Dei uma olhada pelo ambiente. Havia sido decorado com elegância e luxo. Ricos tons de dourado e creme foram combinados com bordô e marinho. A mesa estava posta com louças brancas e um padrão de renda, da mesma cor, trabalhada na extremidade. Mais talheres que o necessário para uma refeição de três pratos estavam dispostos ao lado de cada um deles. Um buquê de rosas exuberantes estava exposto no centro da mesa, trazendo a sensação de verão, apesar de ser janeiro. Mas acho que não importava, afinal L.A. não é o Meio-Oeste. Era como em casa, em Vegas; não tínhamos dias malucos de frio, em que a temperatura chegava a vinte graus negativos. Tenho certeza de que nunca ficou abaixo de zero. Pelo menos não durante os meus vinte e quatro anos de vida. Caramba, eu só vi neve algumas poucas vezes.

— Aí está você! — Uma loira sorridente apareceu. Um homem alto, muito magro. usando óculos com aro de tartaruga, vinha atrás dela.

— Oi, maninha — Wes a cumprimentou, puxando a bela mulher para seus braços. Ela recuou e apertou seu queixo.

— Você está bonito, Wes. — Ele abriu um enorme sorriso. Maior do que eu tinha visto na vez em que ele me fez cócegas.

— Mana, quero que você conheça minha amiga Mia. — Ele colocou a mão na base das minhas costas.

Estendi a mão.

— Oi. Jeananna, certo?

Ela assentiu com a cabeça e me cumprimentou.

— Então... — disse, olhando para o irmão e depois para mim. — Amiga, é?

Wes riu.

— Sim, mana. *Amiga.* — Enfatizou a palavra.

Ela revirou os olhos.

— Como quiser — respondeu, enquanto seus cabelos loiros balançavam e os olhos verdes brilhavam de felicidade.

Depois que as apresentações foram feitas e nós estávamos à mesa, a diversão realmente começou.

— Então, Mia, o que você faz? — Jeananna me perguntou. — Vocês se conheceram no trabalho?

Olhei para Wes e percebi que ele parecia estar sem palavras.

— Podemos dizer que sim — saí pela tangente, comendo um pedaço de quiche.

Sem cerimônia, Claire Channing se intrometeu:

— Ah, por favor. Claro que ele não a conheceu no trabalho. A Mia é uma acompanhante. Eu mesma a escolhi. Não tenho um excelente gosto, Wes? — O tom de Claire foi indiferente, nem aí para o fato de que não era nada comum escolher uma acompanhante para o filho. Definitivamente, isso era bem bizarro.

Os olhos de Jeananna se arregalaram em choque.

— Você é uma garota de programa?

Wes e eu falamos ao mesmo tempo.

— O que você disse? — perguntei, enquanto ele a repreendeu:

— Não, ela não é!

Empalideci. A quiche, de repente, pesou em meu estômago.

— Então você não está dormindo com o meu irmão? — ela perguntou, sem nenhuma ponta de malícia, como se perguntasse sobre o tempo.

— Hum... — comecei a responder.

— Isso não é da sua conta. — Wes se levantou e jogou o guardanapo na mesa. O rubor cobria suas bochechas e seu pescoço. — Não vou deixar você insinuar essas coisas sobre a Mia.

Jeananna se levantou e correu ao redor da mesa.

— Desculpe, não foi intencional! Acabei de ouvir a palavra "acompanhante" e, sabe, cheguei à conclusão errada. Eu não quis dizer nada com isso. — Ela parecia preocupada.

Claire se levantou.

— Tudo bem, tudo bem. Jeananna não quis ofender. Foi um mal-entendido — ela tentou colocar panos quentes, mas Wes não deixou passar.

— Nada disso — ele resmungou. — A Mia é minha amiga. Ela pode ter sido contratada para me ajudar a enfrentar almoços, jantares e eventos tediosos por um mês, mas não é uma prostituta. — Seus olhos se fixaram nos meus e brilharam de remorso. — Desculpe, Mia. — Eu soube então que precisava consertar as coisas.

Respirei fundo.

— Olha, foi um mal-entendido mesmo. Pensei a mesma coisa quando a minha tia Millie abordou o assunto, mas decidi tentar e estou feliz por isso. Conhecer o Wes, e agora vocês, tem sido uma experiência maravilhosa para mim. — Os olhos de Claire se aqueceram e ela voltou a se sentar, e Jeananna fez o mesmo depois de abraçar o irmão. — Além disso, vocês viram o sapato que eu ganhei? — Neste momento, virei na cadeira e ergui a perna, como minha professora de dança ensinou a fazer. — Maravilhoso!

A mão de Claire foi até a boca, cobrindo o riso. Jeananna olhou para meus pés com uma pitada de inveja. Seu marido não disse nada, mas encarou minha perna como se estivesse procurando as respostas para o universo, e o pai de Wes bateu no ombro dele, como quem diz "Muito bem, filho!".

— Enfim, eu quero saber mais sobre vocês — mudei de assunto, tomando um gole do meu champanhe com suco de laranja. — O Wes me disse que você é professora, e você diretor. Como é essa experiência?

O restante da tarde passou sem contratempos. Claire e Weston Segundo, assim como Jeananna e seu marido, Peter, compartilharam comigo histórias de quando Wes era bebê e de como foi crescer na família Channing. Ri mais naquela tarde do que durante todo o ano passado. A vibração alegre era quase demais para alguém como eu, que nunca teve uma família de verdade, suportar. Passei a maior parte da infância e da adolescência com meu pai, que bebia, e ajudando a criar minha irmã caçula. Mesmo sabendo que meu pai nos amava mais que tudo, ele não conseguia parar de jogar ou beber para afastar as lembranças de nossa vida quando minha mãe ainda estava por perto.

Na saída, Claire fez Wes prometer me levar novamente no próximo domingo. Ele concordou. Enquanto estávamos indo para o seu jipe, ele me abraçou e deu um beijo doce em meus lábios.

— Foi divertido, sabia?

Sorri de volta. O calor enchia meu coração, a ponto de explodir.

— Foi mesmo. Um dos melhores dias que passei em muito tempo. Obrigada por me trazer.

Ele sorriu e piscou.

— Quando quiser, linda. Eles gostaram de você.

Coloquei o cinto e olhei pela janela enquanto ele dirigia para fora dos portões, de volta para a estrada sinuosa, saindo do bairro nobre.

— Gostei deles. Muito. Você tem uma família legal. É um cara de sorte.

Ele fez uma careta.

— Como é a sua família? — perguntou, tão baixo que mal pude ouvi-lo sobre o som do vento balançando meu cabelo. Inclinei-me para trás e vi a praia ao longe, as ondas quebrando ao longo da costa.

— Minha irmã, Maddy, é incrível. Ela é brilhante. Vai ser cientista. Passei a maior parte do tempo, enquanto crescia, tomando conta dela.

— Onde estavam seus pais?

— Pai — corrigi. Seus olhos encararam os meus brevemente. Dentro deles pude ver pesar e tristeza. Não por ele, mas por mim. Desviei o olhar. — Minha mãe era dançarina em Las Vegas. Abandonou a gente quando eu tinha dez anos, e a Maddy, apenas cinco.

Wes mordeu a unha do polegar, mas manteve os olhos na estrada.

— Ela nunca mais voltou?

— Não. — Balancei a cabeça. — E, por causa disso, meu pai começou a beber. Muito. E a jogar mais ainda.

Ele segurou minha mão e entrelaçou os dedos nos meus, antes de puxá-los para seus lábios, beijando o dorso.

— É por isso que você está fazendo o que está fazendo?

Eu poderia ter mentido e inventado uma história, mas isso teria arruinado o que havíamos construído — a honestidade completa e total a que tínhamos nos comprometido para fazer com que a situação funcionasse para nós dois. Em vez de responder, só anuí com a cabeça.

— Quer me contar mais? — Seu tom de voz era suave e suplicante.

Mas era muito cedo. Eu não estava pronta para compartilhar meu fardo com ninguém. Ele era um cara tão bom que iria querer resolver o problema. Pagar a dívida ou algo louco assim. E era problema meu. Meu pai e o constante desejo de salvá-lo. Era eu quem tinha que fazer isso.

— Você vai me contar algum dia?

— Sim. — Era o máximo que eu podia prometer naquele momento.

6

— ACORDA, LINDA — OUVI, LOGO ANTES DE SENTIR O FORMIGAMENTO QUENTE quando a mão de Wes encontrou a pele nua da minha bunda.

— Ai! — Pulei, agarrando o edredom para me cobrir. — O que é isso?! — gritei.

Fui recebida com um sorriso em vez de um pedido de desculpas.

— Vamos, coloque um biquíni e roupas confortáveis. Estamos indo para a praia! — Wes exclamou, claramente animado com a perspectiva de um dia à beira-mar.

Ele tinha trabalhado demais na semana anterior. Eu só o via no fim de cada noite, tirando um jantar de negócios insuportavelmente chato. Nesse meio-tempo, eu tinha almoçado com Jennifer Underwood, a esposa do diretor do novo filme, e com a mãe de Wes, Claire. Todo mundo parecia estar levando as coisas numa boa. Wes também não parecia ter problemas com isso. Disse que era ótimo que eu fizesse amigos enquanto ele estava ocupado. Parecia mais preocupado com a possibilidade de eu ficar entediada o dia todo do que com o potencial apagamento das barreiras emocionais, pelo fato de eu sair com sua família e me aproximar da esposa do seu colega de trabalho.

— Como assim, estamos indo para a praia? Você sabe que estamos em janeiro e está frio pra caramba? — Puxei o edredom sobre a cabeça e voltei para meu esconderijo acolhedor.

Senti o colchão afundar, me prendendo. Wes puxou o cobertor de cima da minha cabeça e fez uma manobra ninja, juntando minhas mãos no alto e as segurando. Ele se inclinou e me deu um beijo molhado, lento e tão profundo que meus dedos se curvaram. A área entre minhas pernas começou a esquentar e pulsar. Meu Deus, o homem sabia beijar. Ele puxou o cobertor para baixo e cutucou meu mamilo, primeiro com o nariz, em seguida sugando a ponta com a boca.

— Agora sim. Esse é o jeito certo de acordar uma mulher — falei, com um gemido baixo.

Ele me recompensou com uma sucção profunda.

— Vou me lembrar disso da próxima vez. Se eu fizer você gozar, seu humor vai melhorar? — Sua língua tocou a ponta do meu mamilo enquanto brincava com ele. Os dedos da outra mão apertavam e acariciavam o outro seio.

Concordei com a cabeça, em silêncio, perdida demais na sensação que ele despertou, uma chama lenta que me deixou fraca e incapaz de falar.

Ele riu contra meu peito.

— Se eu colocar a língua em você e lhe der o alívio que está procurando, você vai fazer o que eu mandar?

Era impossível negar. Com sua boca e seus dedos adorando meus seios, eu não podia deixar de concordar com qualquer coisa que ele quisesse.

— Sim, sim! — gemi.

Sua cabeça se moveu do meu peito até as costelas, mordiscando ao longo do meu abdome, até que ele estava *lá*. Bem ali, dando-me tudo o que eu queria e mais. Wes poderia ser um medalhista na arte do sexo oral. Sabia exatamente quando morder, apertar, chupar, lamber. E fazia isso com refinamento.

Mordida.

Apertão.

Chupada.

Lambida.

Segui por um redemoinho de tesão enquanto ele acariciava meu centro de prazer com a língua, até que eu me desmanchei. Meu corpo se curvou, as mãos voaram até seus cabelos para segurá-lo contra minha carne úmida. Ele rosnou enquanto me devorava, perdido no momento tanto quanto eu. Possivelmente ainda mais, a julgar pela forma como mergulhou o pau dentro de mim.

Só fomos para a praia uma hora depois.

Quando chegamos, fomos recebidos por um instrutor de surfe chamado Amil.

— Você me trouxe para ficar vendo vocês surfarem? — perguntei, imediatamente após apertar a mão do sr. Surfista Maravilhoso. Meu tom não foi agradável.

Wes olhou para Amil, depois para mim, e sorriu. Seu sorriso era travesso, e eu soube naquele momento que estava incluída na programação.

— Não. Na verdade eu trouxe você aqui porque *nós* vamos surfar. O Amil vai me ajudar a mostrar como as coisas funcionam. Ele tem todos os equipamentos e roupas de mergulho femininas. É dele a loja de surfe que fica lá embaixo, na praia. — Apontou para um lugar ao longe.

Olhei para Wes, seu cabelo loiro balançando com o sopro de ar frio da manhã. Um brilho em seus olhos verdes os fez parecer quase esmeralda à luz do começo do dia. Ele era tão bom de olhar quanto as ondas quebrando na praia.

— Você está falando sério?

Ele assentiu e fez um gesto para Amil. O instrutor se virou — me dando uma visão incrível de suas costas musculosas e bronzeadas — e pegou uma roupa de mergulho que parecia ser do meu tamanho.

— Deve servir. Você tem o quê, um e setenta e sete, uns sessenta e três quilos?

— Um e setenta e três. E a sua mãe não te ensinou que jamais se deve comentar o peso de uma mulher?

Amil balançou a cabeça e riu.

— Não posso dizer que ela tenha ensinado.

— Então ela falhou no trabalho — falei, inexpressiva. — É grosseiro e as mulheres odeiam. Você é casado? — Ele balançou a cabeça. — Namorada? — Ele balançou a cabeça novamente, ainda sorrindo. — É isso. — Bati palmas, como se tivesse acabado de comprovar a teoria da relatividade de Einstein.

Wes riu alto ao meu lado.

— Ela está certa, cara — disse. Fiquei um pouco surpresa por ele usar essa palavra tão californiana. Não que ele não fosse descolado; ele era. Muito. Só que era sempre um pouco mais formal

— Desculpe, Mia. Minhas sinceras desculpas. Eu só queria ter certeza de que a roupa serviria. — Ele me entregou um macacão de mergulho preto.

Após repetidas tentativas de me enfiar naquela coisa incrivelmente apertada, que apelidei de roupa da Mulher-Gato, finalmente conseguimos colocá-la no lugar. Meus seios estavam apertados contra o tecido de neoprene. Tudo que eu queria era abrir a parte de cima e libertar os dois. Olhando para meu corpo, não pude evitar uma risadinha interna. Aquilo definitivamente me lembrava a Mulher-Gato. Eu me sentia ridícula, embora o olhar quente de Wes demonstrasse que eu não estava realmente. Parecia mais que ele estava pronto para rasgar o macacão. Amil, no entanto, não estava apreciando a nossa falta de atenção às suas instruções. Eu só queria começar a praticar logo.

Finalmente, Amil terminou os ensinamentos da "arte do surfe" e Wes me levou até a praia. Ele carregou nossas pranchas enquanto caminhávamos pela areia.

— Eu consigo levar minha própria prancha, sabia?

Seus olhos brilharam quando o sol os tocou.

— Tenho certeza de que há muitas coisas que você consegue fazer, linda. Mas eu não me sentiria um homem de verdade se não ajudasse a minha garota. Além disso, você está demonstrando espírito esportivo.

Sua garota?

Ele acabou de dizer isso?

— *Minha garota?* — perguntei, antes que o pensamento se tornasse algo perversamente emocional.

Ele sorriu.

— Sim, você sabe o que eu quero dizer. — E deu de ombros.

Hum, não, cacete, eu não sabia o que ele queria dizer. Quando estava prestes a cavar mais fundo essa mina terrestre, Amil nos interrompeu:

— Certo, vamos remar e praticar um pouco na parte mais calma da água.

— Vamos lá. Não banque a gatinha assustada — Wes disse, acrescentando um som estranho de miado. Os homens simplesmente não conseguem imitar bichinhos. Acabam soando mais como um animal moribundo do que como uma bola de pelos fofa.

Quando eu estava começando a protestar, Wes bateu com força em minha bunda e me arrastou para o mar. Mas, na água, foi um perfeito cavalheiro. Me ajudou a ir para a área mais apropriada e trabalhou comigo nas posições, poses e equilíbrio que eu estava aprendendo. Decidimos que eu deveria ficar de joelhos primeiro e pegar o jeito, antes de tentar ficar de pé.

Assim que a novidade e o nervosismo passaram, descobri que podia pegar pequenas ondas deitada. Levou mais de uma hora para eu conseguir ficar de joelhos, mas eu não poderia ter ficado mais orgulhosa de mim mesma. Quando consegui pegar uma onda daquele jeito, ouvi Wes gritando e vibrando. Nunca senti mais orgulho na vida. Normalmente eu torcia por minha irmã, Maddy, ou por minha melhor amiga, Ginelle, quando ela dançava. Mesmo na época em que eu praticava dança contemporânea e fazia performances incríveis, não tinha esse sentimento de realização. Talvez agora fosse por causa daquele pedaço de homem de um metro e oitenta e tantos me esperando na praia enquanto eu remava. Sua prancha estava enfiada na areia. Fui em direção a ele, soltando a minha enquanto corria.

— Você viu aquilo? — gritei de alegria, correndo para ele.

— Claro que vi! Foi incrível! Mandou bem, linda — disse ele, de braços abertos. Trombei em seu peito, nos derrubando no chão. No mesmo instante, seus lábios estavam nos meus, suas mãos em meus cabelos molhados, me segurando contra ele. Wes tinha gosto de sal e mar. Mágico. Continuamos assim por alguns minutos, até que fomos interrompidos por um pigarro. As mãos dele tinham soltado a minha cabeça e estavam agarrando firmemente minha bunda, sua ereção pressionando exatamente onde eu mais queria. Nós nos separamos lentamente, ofegantes e sorrindo feito bobos, para ver a risada de Amil.

Wes me ajudou a levantar e me puxou para perto dele, nossas roupas de mergulho coladas.

— Você foi ótima — ele disse com orgulho, deslizando o polegar pela minha bochecha antes de me dar um beijo suave nos lábios.

— Obrigada por me ensinar. Podemos ir de novo? — perguntei, animada com a perspectiva de pegar ondas novamente.

— Por você, qualquer coisa. Minha doce Mia.

A terceira semana da minha estadia foi preenchida com mais jantares de negócios chatos e outro evento cheio de ostentação. Eu não me importava muito com as festas. Era bom passear, provar comidas deliciosas e tomar champanhe e vinhos caros, mas não era exatamente divertido. Wes passou aquelas noites em conversas profundas, interagindo como o homem de negócios que era.

Ele não estava brincando quando disse que não tinha tempo para um relacionamento de verdade. A mulher que se envolvesse com ele passaria muito tempo sozinha. Ele precisaria de alguém que tivesse uma vida plena e uma carreira, e que se sentisse feliz em ser sua garota da meia-noite — disponível quando ele chegasse em casa tarde para uma noite de sexo e carinho antes de cair no mundo dos sonhos e começar tudo de novo na manhã seguinte. Uma pontada rápida atingiu meu estômago com o pensamento de Wes com outra mulher. Apaixonando-se, casando-se, tendo filhos, vivendo feliz para sempre, enquanto eu estaria fazendo o quê? Sendo uma acompanhante?

Descartei a massa folhada que havia pegado e, em vez disso, virei minha taça de champanhe em um gole só.

— Uau, calma aí, Speed Racer — Wes falou, passando um braço ao redor da minha cintura e me puxando para seu lado. — Está tentando ficar bêbada? — Seus olhos se estreitaram, mas a sugestão de um sorriso no canto da boca confirmou sua intenção de brincar.

— Por quê? Vai se aproveitar de mim se eu estiver? — perguntei com um tom malicioso, pressionando os seios em seu peito.

Ele respirou fundo, apertando-me mais, e fixou os olhos nos meus.

— Com certeza — disse, sem humor algum. Apenas a insinuação de Wes me possuindo já me deixou com a calcinha molhada.

— Não me deixe com tesão. Não é justo, já que você ainda tem negócios a tratar. — Fiz beicinho e beijei a lateral de seu pescoço, certificando-me de passar os lábios lentamente ao longo da base.

Ele gemeu baixinho e pressionou os quadris contra mim, para que eu pudesse sentir o calor e a força de seu desejo.

— Como é que eu vou deixar você ir embora daqui a oito dias? — Seu olhar e o aperto firme de sua mandíbula enfatizaram a seriedade de sua declaração.

Respirei fundo e olhei fixamente em seus olhos. Aqueles que passei a adorar, mais que quaisquer outros.

— As coisas são como são. Tem que ser assim — eu o lembrei.

Ele se inclinou e encostou a testa na minha.

— E se eu não quiser que seja? — Ele perguntou a única coisa que havíamos concordado que não deveria ser dita. O pensamento, a mera sugestão de mais, ia contra tudo o que havíamos negociado quando assinei o contrato. E também poderia quebrar as regras que ele estabeleceu na primeira vez em que transamos, mais de duas semanas antes.

— Não faça isso — sussurrei. Ele prendeu a respiração, soltando-a em seguida. Eu podia sentir o calor contra meus lábios úmidos.

— Tudo bem, não vou fazer — ele disse de um jeito definitivo, que pareceu renovar o compromisso de manter as coisas como deveriam ser. Como *tinham* que ser.

Não havia outra opção para mim. Mesmo que eu quisesse mais — coisa com a qual eu não conseguia lidar no momento —, não era possível. Eu ainda precisava de um milhão de dólares e meu pai ainda precisava ser salvo. Não havia ninguém além de mim para resolver isso. Eu não arriscaria a vida dele por uma possibilidade ínfima de felicidade. Jamais seria capaz de me perdoar se escolhesse minha vida em detrimento da do meu pai. Independentemente de ele ser um alcoólatra que passou a maior parte do tempo jogando, se embebedando e arruinando nossa estabilidade financeira, ele ainda era uma das únicas pessoas que me amavam de verdade. E eu nunca o abandonaria. Nem mesmo por Wes. Ainda que o pensamento enchesse minha mente, coração e alma de esperança, não era para ser. Eu tinha um trabalho a fazer e o faria, ou morreria tentando.

— Vem, vamos dançar — Wes chamou, deixando o momento pesado se dissipar lentamente quando me levou para a pista. O evento desta noite era uma festa de apresentação para os futuros funcionários, equipe técnica, investidores e atores confirmados do filme em que ele estava trabalhando, *Código de honra*. Era a primeira noite em que ele conseguia comemorar sua realização, e eu estava determinada a colaborar para isso.

No momento em que ele me abraçou, pensei em nosso tempo juntos. As duas últimas semanas tinham sido como um sonho realizado. Quando tia Millie me ofereceu o trabalho, acreditei, honestamente, que estava vendendo um pouco da minha alma. Agora que tivera mais de duas semanas para me acostumar com a ideia, e imaginava como seria com os futuros clientes, achei que passaria o próximo ano tranquilamente. Talvez conseguisse até fazer contatos na indústria em que planejava entrar quando meu ano de trabalho acabasse. A menos que eu passasse a gostar e continuasse fazendo isso, juntando uma boa quantia. Não que eu fosse ver todo esse dinheiro ainda este ano. Só ficaria com o suficiente para mandar para Maddy cobrir as despesas da faculdade e um pouco para pagar as contas do meu minúsculo apartamento.

Imaginei que, se recebesse cem mil por mês durante o próximo ano, me sobrariam duzentos mil depois que a dívida de um milhão de dólares fosse liquidada. Isso significava que eu poderia pagar à vista a faculdade de Maddy, no valor de cem mil, e guardar o restante. Isso me daria o suficiente para mandar três mil por mês para as despesas de subsistência dela e do meu pai, pagar meu aluguel de mil dólares e ainda guardar alguns milhares no banco para minhas contas.

Claro, meu tempo não seria realmente meu, o que acabaria por estressar cada nervo do meu corpo, mas eu esperava que meus futuros clientes fossem como Wes: trabalhassem muito e precisassem pouco de mim. Assim eu poderia relaxar em suas casas magníficas.

Deixar Wes, no entanto, ia ser difícil. Eu me perguntei se seria assim com todos os outros. Eu estava adorando nosso tempo juntos, e o sexo era fora do normal. A lembrança do que ele havia feito comigo esta manhã fez meu rosto esquentar. A maneira como ele me pegou contra a parede do chuveiro... Senhor, o homem sabia trepar.

— Ei, você está vermelha. Está se sentindo bem? — Ele parou de dançar e eu me afastei de seu olhar intenso antes de inclinar a cabeça em seu peito. Seus batimentos cardíacos me levaram de volta a um estado contemplativo. Balancei os quadris, mostrando a ele que eu não tinha parado de dançar. Queria sentir seus braços ao meu redor. Ele me fazia sentir como se eu fosse a única mulher no mundo que podia prender sua atenção.

— Estou bem. Está quente aqui. E você me deixa mais quente ainda. — Apoiei o queixo em seu peito e nós nos olhamos.

O olhar de Wes se concentrou em meu rosto, seus olhos me analisando.

— Sabe, você é a mulher mais preciosa que eu já conheci, além da minha mãe e da minha irmã.

— Preciosa? — Eu ri.

— É. Em outras palavras... — Ele se inclinou e deslizou a bochecha ao longo da minha, até alcançar minha orelha. — ... você é importante para mim.

Eu o abracei bem apertado. Queria que ele soubesse como era importante para mim também, mas não conseguia encontrar as palavras. Elas ficaram presas em minha garganta enquanto eu agarrava suas costas, as unhas arranhando através do paletó. Ele se afastou, saindo do meu aperto.

— Ei, ei. Não precisamos seguir nessa direção, Mia, mas você precisa saber. — Balancei a cabeça, sem querer ouvi-lo confessar qualquer sentimento que eu não poderia retribuir. Wes segurou meu rosto em suas mãos quentes. — Mia, escute... — Respirei fundo e esperei que ele dissesse o que precisava. — Só porque não vamos estar juntos, como um casal, quando você for embora, não significa que não podemos manter contato. Continuar sendo amigos. — Eu podia dizer, pelo tom da sua voz, que ele estava sendo sincero.

A sensação de alívio girou no ar ao meu redor, fazendo um enorme sorriso surgir em meu rosto.

— Sério?

Ele assentiu.

— Sério, linda — prometeu. — Agora, vamos pegar uma bebida e aproveitar o resto da noite. Eles vão anunciar os papéis do elenco de *Código de honra*, embora a maioria de nós já saiba. É parte da diversão. — Ele piscou e eu concordei.

Assim que chegamos ao bar, topei com Jennifer Underwood.

— Mia, que bom te ver! Eu estava te procurando — ela disse apressadamente, me puxando para o lado. Os olhos de Wes encontraram os meus, a preocupação evidente em seu olhar. Balancei a cabeça com um gesto de "não se preocupe".

— O que houve, Jen?

Ela se inclinou para a frente num tom conspiratório, depois olhou ao redor para se certificar de que ninguém ouviria o que estava prestes a me contar.

— Eu estou atrasada — disse, mordendo o lábio em seguida.

— Sinto muito — respondi, sem saber do que ela estava falando.

Ela conteve um suspiro resignado, então se inclinou novamente e sussurrou:

— Não, eu estou *atrasada*. O meu fluxo.

Nesse momento, a ficha caiu. Ah, caramba! Ela estava atrasada! Quando nos encontramos para almoçar, uma semana após o jantar em que nos conhecemos, ela me agradeceu muito por ter mudado sua vida. Aparentemente, quando foi para casa e contou ao marido, Jay, que queria ter um bebê, ele se animou. Ela disse que ele já queria começar a tentar na noite de núpcias, mas eles tinham se casado tão rápido que ele achou que ela preferia esperar. Agora, pelo que ela havia contado, eles estavam feito coelhos, procurando fazer um bebê.

Segurei as mãos dela com firmeza e a puxei para perto.

— Quantos dias? Vocês mal começaram a tentar.

— Eu sei! — Sua voz se elevou e alguns homens de terno olharam em nossa direção. Puxei-a para um canto. — Estou com cinco dias de atraso, mas nunca atrasei um dia sequer.

— Puta merda! — soltei.

— Pois é!

— Ah, meu Deus!

— Eu sei! — ela gritou e começamos a pular como duas menininhas, os saltos batendo no chão de ladrilhos. Abracei-a com força. Eu não costumava ser carinhosa com outras mulheres; na maior parte do tempo, era apenas com Ginelle e Maddy, mas eu sentia uma conexão com Jennifer. Ela era uma boa pessoa, e eu já a considerava uma amiga.

— Você vai ter que me manter atualizada quando eu for embora. — Ela assentiu. Essa era uma das coisas que eu escondera de Wes. Não contei a ele que tinha dito a Jennifer o que eu era, mas a fiz jurar que guardaria segredo; até o momento, ela tinha cumprido com sua palavra. — Isso é incrível. O que o Jay disse?

— Ele já quer contar para todo mundo que estou grávida, mesmo sem termos certeza. — Ela revirou os olhos e balançou a cabeça.

— Os homens são uns idiotas — eu disse e ela concordou. — Então, se você engravidou imediatamente, meu palpite é que está com umas duas semanas. Isso significa que um teste de farmácia pode não dar o resultado correto por mais duas semanas. A melhor aposta, se você estiver morrendo de vontade de saber, é consultar um médico e fazer um exame de sangue. Imagino que seja o teste mais seguro.

— Foi o que eu pensei. Marquei uma consulta para sexta-feira. Então eu vou saber com certeza. A menos, é claro, que a minha menstruação venha. — O rosto dela se contorceu em uma careta.

Abracei-a e, em seguida, voltamos a caminhar para perto dos rapazes.

— Vamos pensar positivo e torcer pelo melhor, tá? — sugeri e ela concordou, feliz de novo.

Chegamos quando um pequeno grupo de pessoas estava se reunindo ao redor do palco montado no enorme salão de baile. O quarteto parou de tocar. Wes segurou meu braço e me entregou uma taça de champanhe.

— Está tudo bem?

— Mais que bem.

— Algo que eu deva saber? — Uma sobrancelha se ergueu até a linha do cabelo.

Balancei a cabeça.

— Não. Aguarde as cenas dos próximos capítulos.

Ele riu e me levou até o palco quando o apresentador começou a anunciar os papéis no filme.

— Está animado? — perguntei.

— Eu já sei quem foi escalado. — Ele sorriu.

— E daí? Agora todo mundo vai ficar sabendo e vai falar nisso por meses! Eu estou animada, e só sei a sinopse da história.

A mão de Wes deslizou em meu ombro, me segurando e me mantendo a seu lado enquanto víamos as pessoas subirem ao palco. Cada um agradeceu quando seu nome e personagem foram anunciados.

— Estou louca para saber quem vai ser o soldado Will, aquele que manda cartas para Allison, o amor da vida dele. Aliás, quem vai fazer a Allison? — Eu me virei para olhar para ele. Nossos olhares se encontraram.

— Ninguém — ele respondeu.

— Hã? Mas eu achei que ela fosse o grande amor do Will. — Eu tinha certeza de que minha expressão era confusa enquanto meus olhos se estreitavam para o rosto bonito de Wes. Ele sorriu e gesticulou para o palco.

— Observe. — E ergueu o queixo exatamente quando uma bela e sedutora mulher de cabelos negros se aproximou do palco. Eu conhecia aquela atriz! Gina DeLuca. Ela era alta e magra, mas tinha curvas que não acabavam nunca. Todos os homens a admiravam, e as mulheres queriam ser como ela. O que a tornava ainda melhor era o fato de ser supersimpática e se apresentar às mulheres mais jovens em uma perspectiva positiva.

Então, ainda aplaudindo, fiquei chocada quando o mestre de cerimônias apresentou a atriz.

— Gina DeLuca para o papel principal feminino, Mia Culvers!

Meu queixo caiu.

Não acredito! — Me virei para Wes.

— Surpresa! — Seu sorriso era absolutamente estonteante. Algo que eu jamais esqueceria.

— Você trocou o nome da personagem principal para Mia?

— Troquei — ele disse, sem acrescentar mais nada.

Pisquei algumas vezes, sentindo os olhos úmidos quando olhei para ele.

— Por quê?

— Porque você é importante.

7

PUTA QUE PARIU. EU ERA IMPORTANTE. MEU CORAÇÃO SE ENCHEU DE FELICIdade ao pensar naquele momento algumas noites atrás, quando Wes admitiu ter trocado o nome da personagem principal do seu filme por minha causa. Ele mudou até a aparência dela. Ela se chamaria Allison e deveria ser uma mulher pequena e magra, loira de olhos azuis. Com certeza não uma beleza rubenesca, peituda e de cabelos pretos, como Gina DeLuca... e eu.

Eu não tinha certeza do que pensar ou como processar essa informação. Concordamos em não nos envolver. Apesar de que, para ser sincera, tinha que admitir que estava envolvida com Wes. Definitivamente. Será que eu o amava? Eu achava que não. Esse tempo todo, fiquei tão focada em não me apaixonar que a opção de abrir meu coração para ele não apareceu.

O zumbido do meu telefone me tirou do ciclo infindável de "e ses" que eu vinha enfrentando a respeito de Wes e eu nos tornarmos um casal de verdade. Na realidade, não era uma opção. Ele sabia e eu também. E isso era o bastante.

— Alô — atendi ao ver o nome de tia Millie na tela.

— Oi, boneca. Como é que a vida luxuosa está te tratando? — Sua voz estava repleta de humor, mas apenas me fez lembrar minha verdadeira posição. Eu tinha sido contratada para fazer um trabalho. E esse trabalho me proporcionou uma vida de luxo... pelo período de um mês. Não era minha, e nunca seria. Suspirei alto ao telefone. — Algum problema?

— Não, tudo bem. O que houve? — Peguei uma mecha de cabelo e observei as extremidades, procurando pontas duplas. Estava na hora de cortar.

— Estou ligando para falar sobre o seu próximo cliente, querida.

Eu podia ouvir o farfalhar de papéis e o barulho das unhas batendo no teclado quando ela estalou a língua.

— Você vai para Seattle! — Eu nunca estivera lá. Poderia ser divertido, pensei, enquanto ela continuava: — Esse vai ser interessante. Alec Dubois é o nome do cliente. Trinta e cinco anos, alto, moreno e bonito. Se encaixa no perfil, mas é meio esquisito.

Eu me abstive de comentar. Tinha achado todo o processo esquisito até conhecer Wes. Então percebi que era possível que homens legais, amáveis e normais precisassem de uma acompanhante por algum motivo, e, nessa circunstância em particular, eu estava feliz. Sem ela, eu jamais o teria conhecido, e ele era alguém que eu definitivamente considerava significativo. Ele era importante para mim também, embora eu ainda não tivesse dito isso a ele.

— ... a escolheu pelo site no dia seguinte em que enviei você ao sr. Channing. E me fez prometer que você ficaria com ele pelo próximo mês.

Encolhendo-me, eu me virei, peguei um cobertor na cadeira e me enrolei nele.

— Ele é um pervertido?

Millie riu tão alto que tive de afastar o celular do ouvido.

— Não, minha querida! Ele é um artista. Você vai ser a musa dele. Bastou uma olhada nas suas fotos para ele dizer que precisava tê-la em sua nova série, *Amor a óleo*. — Eu podia ouvi-la digitando, em seguida meu celular apitou, informando que uma mensagem havia chegado.

Coloquei-a no viva-voz e li o e-mail que ela me enviou.

— Santa Mãe de Deus! — Todo o ar deixou meu peito.

— Ele é um pedaço de mau caminho. Tanto quanto o sr. Channing, mas o tipo oposto dele. Cabelo escuro, olhos escuros, estatura mediana. — Balancei a cabeça, entorpecida pela foto de Alec Dubois, o artista, na tela. Não havia nada de mediano naquele cara. Ele era praticamente sósia do Ben Affleck. Só que tinha o cabelo comprido, preso em um pequeno coque no alto da cabeça, e um combo barba-bigode. Eu mal podia esperar para ver o comprimento de seu cabelo. Em uma palavra? *Incrível.*

Respirei fundo e soltei o ar lentamente para aliviar um pouco o calor que me envolveu.

— Então, hum, o que ele quer que eu faça como sua musa?

— Não tenho certeza. Sei que ele faz obras de arte incomuns. De todos os tipos. E valem centenas de milhares de dólares. No entanto, se você tirar a roupa, ele vai pagar mais. Ponto. Se fizer sexo com ele, e, por Deus, que mulher não gostaria — ela riu —, ele vai pagar direto para você o adicional de vinte mil.

— Ele pode exigir que eu tire a roupa? — perguntei, de repente me sentindo suja. Imediatamente, quebrei a cabeça tentando me lembrar do contrato que assinei.

— Não, não, não, isso *não* faz parte do contrato. Mas ele mencionou o assunto quando reservou você. Expliquei que custaria mais vinte e cinco por cento sobre a taxa e que isso só aconteceria se você concordasse. E, tecnicamente, ele não pode tocá-la sexualmente.

Vinte e cinco por cento eram vinte e cinco mil dólares.

— Sério? Eu vou ganhar vinte e cinco mil dólares a mais se o deixar me pintar nua?

— Não, boneca, você vai ganhar vinte mil. A Exquisite Acompanhantes de Luxo recebe vinte por cento da sua comissão. Isso significa que cinco mil vêm para nós e vinte para você. — Encolhi os ombros, sem ligar muito. Eu planejava tirar a roupa. Esse extra de vinte mil me ajudaria a chegar mais perto do objetivo final. No mínimo pagaria o financiamento estudantil da Maddy, que não havia sido quitado em seu primeiro ano na faculdade.

— Eu topo! Desde que não precise dormir com ele, concordo em posar nua. — Mesmo dizendo isso em voz alta, faltava sinceridade. Cara, eu estava em apuros. Nem tinha deixado Wes e já estava babando pelo próximo cara da fila. Eu era uma puta.

— Tudo bem. Seu voo sai no dia 1º. Não vá perdê-lo. Oficialmente, seu último dia com o sr. Channing é 26 de janeiro. Isso vai lhe dar algum tempo para cuidar do cabelo, fazer depilação e todas aquelas coisas que você já sabe. — Achei graça quando escutei aquilo. — Bem, acho que é isso...

— Hum, tia Millie?

— Sra. Milan, lembra? — ela advertiu.

— Desculpe. Mas você sabe que eu nunca vou te chamar assim, a menos que estejamos na frente de clientes, né? — falei a sério.

— O que foi, Mia? — Seu tom não tinha o amor de um membro da família naquele momento.

— É possível que uma acompanhante reveja um de seus clientes? Pessoalmente?

— Ah, por favor, não. Não me diga que você se apaixonou pelo sr. Channing.

— Não! Não é isso. — Realmente não, eu disse a mim mesma. Não, não mesmo. Provavelmente. — É só que nos tornamos amigos e eu gostaria de manter contato, mas sem quebrar regras.

Tia Millie suspirou alto.

— Não existem regras exatamente, mas você precisa ter cuidado, Mia. Homens como ele podem prometer o mundo a uma garota e nunca cumprir a promessa. Acredite em mim, eu já ouvi tudo isso antes. Muitas vezes, na verdade.

— Então, não há regras?

— Não. Só... — ela deixou escapar um longo suspiro — ... proteja seu coração. Este negócio não é para qualquer uma, e você já teve uma jornada difícil. Aproveite esse tempo para se divertir, se soltar e experimentar tudo o que a vida tem a lhe oferecer. Provavelmente vai ser uma das poucas vezes na vida em que você terá essa chance. — Reprimi a onda crescente de emoção, parada logo abaixo da superfície da minha fachada forte. — Me ligue quando encontrar o sr. Dubois. Vou mandar os detalhes por e-mail. — Foi a última coisa que ela disse antes de desligar.

Minha tia estava certa. Eu não podia deixar Wes me convencer de que isso era mais do que realmente era. Eu precisava ir para Seattle. E iria. Olhei para a tela do celular. O sr. Artista Gostosão seria minha próxima experiência.

— Querida, cheguei! — a voz de Wes soou pela casa até a parte de fora, onde eu estava relaxando na piscina aquecida. Ele entrou no pátio usando terno e um sorriso. Meu Deus, o cara era sexy. Sempre estava bonito, mas havia algo em vê-lo arrumado que eu curtia. Talvez despi-lo fosse o que eu mais gostasse.

— Chegou cedo. — Eram apenas duas e meia da tarde. Saí da piscina e me sentei na borda.

Wes parou de avançar em minha direção e estacou bem na beirada da piscina. Seu olhar estava em mim, mas não em meus olhos. Examinou meu corpo com aquelas esmeraldas, o olhar tão quente que eu praticamente podia senti-lo passar pelos meus seios, minha barriga, minhas coxas. Observei enquanto ele tirava os sapatos e deixava o paletó cair no deque. Como se estivesse dando a deixa, me inclinei, apoiada sobre as mãos. Arqueei as costas sugestivamente e empurrei os seios em direção ao céu, deixando a cabeça cair para trás. Minhas pernas se abriram um pouco para me equilibrar. O pequeno biquíni não deixava quase nada para a imaginação, e, quando levantei a cabeça para ver se meu showzinho estava funcionando, ouvi o som de um mergulho. Completamente vestido, Wes deslizou através da água. Era como um tubarão escuro nadando em direção a sua presa.

Ele chegou à borda da piscina rapidamente. Seu corpo emergiu como se ele fosse uma espécie de deus da água. Inclinei-me para a frente, agarrei sua gravata molhada e o puxei para o meio das minhas pernas. Suas mãos foram para os meus joelhos e os separaram.

— Isso foi impulsivo — eu disse contra seus lábios, ainda sem beijá-lo, apenas permitindo que a água da piscina escorresse entre nossas bocas.

— Você acha? Então vai adorar isso. — Sua boca grudou na minha, a língua buscando entrada. Wes me beijou como se não tivesse outra chance, como se estivesse faminto pelos meus lábios. Eu sabia que estava faminta pelos dele. — Fiquei pensando no seu gosto a porra do dia todo — ele rosnou antes de deslizar a língua entre meus seios. Passou os dedos nos provocativos triângulos do meu biquíni e empurrou o tecido para o lado, expondo meus mamilos, que prontamente endureceram com a mudança de temperatura. — Eu sonho com estas belezinhas — ele disse, tocando a ponta com a língua antes de colocar um deles dentro da boca. Soltei um gritinho conforme minhas mãos subiam até sua cabeça para segurá-lo contra mim.

Ele continuou a sugar até me fazer apertar seu corpo no meu, tentando encontrar algum atrito. Quando ele me deixou à beira do orgasmo apenas brincando com meus seios — algo que ele adorava fazer —, me empurrou para trás. Deitei no concreto gelado, o frio atingindo meus ossos. Seus dedos habilidosos encontraram os lacinhos na lateral da calcinha e os puxaram. Ah, cacete. Ele ia fazer aquilo ali mesmo, à luz do dia.

— Wes — adverti, mas sem muita força. Eu estava longe demais, em uma névoa de desejo, para impor muita resistência. Se a sra. Croft viesse até ali, apenas seguiria seu caminho. Ela era pura classe. Eu, nem tanto. Wes mordiscou a parte interna das minhas coxas enquanto tirava minhas pernas da água, apoiando meus pés na beirada da piscina, deixando-as dobradas num ângulo de quarenta e cinco graus. Então, com as mãos sobre meus joelhos, escancarou minhas pernas como se fossem as asas de um pássaro se preparando para voar. E eu voei, no segundo em que sua língua tocou o feixe de nervos sensíveis. Minhas mãos foram diretamente até sua cabeça para mantê-la no lugar. Ele pegou as duas, colocou-as no chão e as empurrou para debaixo da minha bunda.

— Sente-se sobre elas, sem me tocar — repreendeu. Ah, então era assim que as coisas seriam... Ele queria controle total. Caramba, isso significava que ele me levaria além do limite e me faria gozar várias vezes. Ele já tinha feito isso antes, me dando tantos orgasmos que quase desmaiei montada em seu pau. Foi a experiência mais sensual da minha vida. Até agora.

Com a ponta dos dedos, ele me abriu e usou a língua para me tirar de órbita. Depois do primeiro orgasmo, ele se abaixou mais, segurando minhas pernas abertas e gemendo contra minha carne molhada. Suas palavras seguintes foram uma espécie de cântico erótico.

— *Devorando você. Provando você. Chupando você. Mais. Mais...*

Ele rosnou baixinho.

— Cacete, Mia, eu poderia fazer isso o dia inteiro. — Ele trincou os dentes antes de sugar meu clitóris com força. Cheguei ao segundo orgasmo. Tremi por completo até que Wes segurou minha cintura, levantou meu corpo mole e me puxou de volta para a água.

O choque sacudiu meu sistema. Meus nervos estavam pegando fogo, enquanto os arrepios do orgasmo começavam a se dissipar. Antes que eu pudesse me afastar, ele colocou minhas pernas ao redor de sua cintura e minhas costas contra a borda da piscina.

— Vou te comer de um jeito que você não vai esquecer, linda. Vou fazer você me sentir mesmo depois que já tiver ido embora. — Ele me penetrou com força. Não sei quando ele fez isso, mas sua calça estava flutuando pela piscina, lembrando uma arraia no fundo do mar. Wes ainda estava completamente vestido na parte de cima, com camisa e gravata. Agarrei-me ao tecido molhado quando ele entrou em mim. O cântico começou novamente. Acho que ele nem sabia o que estava falando. Mas eu sabia, e guardei cada palavra, deixando que as frases ficassem gravadas em minha memória para que eu pudesse voltar a esse momento sempre que precisasse de Wes... sempre que sentisse saudades dele.

— *Eu estive aqui.* — *Impulso.* — *Juntos.* — *Impulso.* — *Trepando.* — *Impulso.* — *Adorando isso.* — *Impulso.* — *Lembre-se de mim.* — *Impulso.*

— Lembre-se de mim — ele disse de novo, mais alto, me penetrando fundo e atingindo aquele ponto em meu corpo que me deixou prestes a ter o mais forte e longo clímax da minha vida. Gritei. Meu corpo não era mais meu. Minha voz não era mais minha. Gozei com sua boca na minha, sua língua me acariciando dentro e fora. Ainda estávamos unidos quando ele me levou, encharcada, para seu quarto e me deitou na cama. Ele me deixou apenas por tempo suficiente para tirar a gravata e a camisa e depois se deitou sobre mim. Abriu minhas pernas e penetrou a fenda inchada e sensível mais uma vez. Conectados.

Então, ele não me comeu. Fez amor comigo lentamente, de um jeito dolorosamente doce.

— E aí, vadia! Há quanto tempo. — A voz da minha melhor amiga, Ginelle, soou ao telefone não apenas dura, mas com uma pitada de genuíno aborrecimento.

— Estava trabalhando, sua vaca — tentei, mas não consegui.

— Sei, ãrrã. Suponho que cavalgar no pau do Wes possa ser chamado de trabalho — ela replicou, com uma pequena nota de humor na voz. Minha amiga estava me perdoando.

— Nem todas nós temos talento e sabemos dançar como uma deusa — retruquei.

— Verdade... — ela disse, alongando a última sílaba.

— Estou com saudade. — Minha voz tremeu e eu desejei me estapear por trair a emoção.

Um suspiro profundo veio do outro lado da linha.

— Também sinto falta da sua cara feia. Levo muito mais cantadas quando você está por perto. Sabe como é, né? Já que eu sou a mais bonita. — E... estávamos de volta ao status de melhores amigas para sempre.

— Como está o meu pai? — perguntei, com medo de ouvir a resposta.

— Melhor. Ainda não acordou, mas saiu da UTI, o que é um bom sinal.

Era bom mesmo. Significava que ele iria sobreviver, embora não estivesse curado ainda.

— Os médicos disseram algo sobre por que ele ainda não saiu do coma?

— Eles não me dão muitos detalhes, Mia. Tecnicamente eu não sou da família. Você sabe disso.

Suspirei. Ginelle era mais minha família do que os parentes que eu tinha por parte de pai e mãe. Ela era a única amiga em quem eu confiava.

— Obrigada por cuidar dele por mim. Como está a Maddy? Só falei com ela uma vez, e rapidamente, no intervalo entre as aulas. Parece que a carga horária dela é superpesada.

— É, sim. E ela está estressada por causa de dinheiro também. As contas estão se acumulando. Quer que eu dê algum dinheiro a ela?

— Não, não! Eu tenho dinheiro. Bom, vou ter bastante daqui a uma semana. O suficiente para mandar um pouco para ela pagar as contas e comprar comida. E logo vou ter muito mais! Só preciso pegar um avião na semana que vem, e cem mil dólares vão cair na minha conta. Aí vou ter a chance de ganhar mais vinte mil, que serão só meus.

— Como você vai ganhar esse extra? — Eu a ouvi tragando o cigarro. Devia estar aproveitando para fumar no fim da sua hora de almoço.

Roí a unha do dedão e olhei para a borda irregular.

— O próximo cliente é um artista. Vou ser a musa dele ou alguma merda assim. Ele quer que eu pose nua. Se eu aceitar, ganho um extra de vinte mil.

Pude ouvir Ginelle bufar ao telefone.

— Porra! Eu tiro a roupa todo santo dia e não ganho vinte mil. Peça para a tia Millie me agenciar. Vou ganhar uma grana preta! — Ela pigarreou ao telefone e eu ri. Gin nunca deixaria Vegas.

Era tão bom conversar com a minha amiga. Ela me fazia lembrar tudo que eu era, onde estavam minhas raízes e que ainda era a mesma garota. Mesmo vestida como uma Barbie, interpretando o papel de uma acompanhante-troféu, eu ainda era Mia Saunders. A garota que criou a irmã desde que ela tinha cinco anos, que cuidou de si mesma e que iria salvar a vida do pai... mais uma vez. E eu esperava que fosse a última. Eu só queria que, quando ele acordasse e percebesse o que tinha feito, o que acontecera devido a suas próprias escolhas, realmente aprendesse a lição. Buscasse ajuda para o problema com a bebida. Fizesse terapia. Eu tinha dado a ele uma série de informações sobre programas gratuitos, além de panfletos e folhetos do AA. Talvez, quem sabe, dessa vez ele pudesse enxergar os erros que cometera.

— Você vem para casa? — Gin perguntou enquanto eu pegava o vestido que usaria no evento desta noite. Wes me levaria a uma festa com o elenco do filme. Parecia divertido. Eu poderia conhecer algumas pessoas famosas, com quem esperava trabalhar um dia. Mas essa carreira não estava nos meus planos por enquanto. Era engraçado como as coisas se fechavam em um círculo completo. Eu finalmente conhecia alguém da indústria do cinema, mas não havia como me comprometer com qualquer coisa ou ir a audições. Essa parte da minha vida estava em pausa por tempo indeterminado, até que eu conseguisse deixar meu pai fora de perigo.

— Quem me dera. Vou para Seattle seis dias depois que sair de Malibu. Minha tia marcou vários tratamentos de beleza entre o dia em que eu sair daqui e a viagem. Mas vou tentar no próximo mês — respondi fracamente.

— Ei, eu sei que você quer voltar para casa tanto quanto eu quero ver a sua bunda gorda, mas não tem problema. As coisas vão ficar bem por aqui enquanto você limpa a bagunça do seu pai. Mas, porra, Mia, ele tem que aprender desta vez. Você não pode continuar a desperdiçar a sua vida por ele.

— Não tenho escolha — gemi. — Se eu não fizer isso, vão matá-lo. E ele está em coma, Gin. Não pode se defender sozinho.

Essa conversa estava ficando batida. Eu amava Ginelle mais que tudo, mas ela passava boa parte do tempo reclamando das trapalhadas do meu pai e do fato de eu continuar a salvá-lo. Não é que eu quisesse, mas não podia simplesmente deixar que o machucassem ou matassem. Blaine e seus capangas eram os maiores filhos da puta que eu conhecia. Meu ex era uma cobra sem coração. Ele não pensaria duas vezes antes de matar meu pai. Cacete, ele ficaria mais preocupado em sujar de sangue o seu terno caro do que com o fato de tirar a vida de alguém. As pessoas são meros danos colaterais para ele, e eu era uma de suas vítimas. Lixo traidor e mentiroso!

Pelo telefone, eu podia ouvir murmúrios e o som incessante das máquinas caça-níquel conforme ela caminhava através do cassino.

— Só me promete que vai encontrar um jeito de ter uma vida.

— Eu vou, eu vou. Além disso, estou me divertindo aqui em Malibu. O Wes me ensinou a surfar!

— Que legal! Eu nunca nem vi o mar — ela gemeu. — Quando você ficar rica como acompanhante, me leva para a praia?

Eu ri.

— E ver o seu rabo de vadia dentro de um biquíni? — Fingi vomitar.

— Você é maluca. Estou revogando o seu status de melhor amiga.

— Você não pode revogar o status de melhor amiga. Eu sou e acabou. Como os dez mandamentos, escritos em pedra. Eu sou e acabou — falei novamente, sem muita convicção.

— Você acabou de comparar a nossa amizade com os dez mandamentos? Sério mesmo?

— Hum... Sim?

— Você vai para o inferno — ela afirmou, categórica.

— Se eu for, é melhor que a sua bunda de vadia esteja lá para me encontrar.

Ela riu e eu sorri, segurando o telefone com força.

— Você sabe que eu vou estar.

— Te amo, sua vaca.

— Te amo mais, vadia.

8

O RESTAURANTE NOBU, EM MALIBU, ERA REQUINTADO. ERA COMO ENTRAR em um mundo particular, elegante e privado. Todos os atores, diretores e roteiristas de *Código de honra* estavam presentes. Não tinha muita gente, talvez umas quarenta pessoas. Quando chegamos, a hostess nos levou a uma área externa reservada. O pátio tinha um deque de madeira enorme que se estendia pela grande varanda, com móveis de vime, almofadas e mesas rústicas. Toda a extensão era aberta para uma vista de cento e oitenta graus da praia. O sol estava se pondo, e as cores do céu refletidas na água eram de tirar o fôlego. Wes me puxou em seus braços quando segurei a grade e me abraçou por trás.

— Linda — disse em meu ouvido, antes de passar o nariz para cima e para baixo, na base do meu pescoço.

— Muito — concordei.

— Não a vista. Você. — Ele mordeu aquele ponto em que o pescoço encontra o ombro, provocando arrepios crescentes de excitação, inchando e doendo deliciosamente dentro de mim.

— Fala mansa. — Belisquei a lateral de sua coxa, onde minha mão descansava.

— Ai! Vamos ver se eu vou voltar a elogiar a dama — ele disse, fingindo indignação.

Virei-me, passei as mãos ao redor de seu pescoço e o beijei. Nada indecente, apenas um encontro de lábios. Senti falta dele no decorrer do dia, enquanto ele estava no trabalho, e essa era a nossa primeira chance de estar perto.

Ele gemeu em minha boca, se afastou e olhou para mim. Depois de um momento, balançou a cabeça e sorriu. Eu sabia que ele queria me dizer alguma coisa, mas, naquele momento, estava consciente de que não seria algo que eu poderia aguentar. Então falei:

— Vamos pegar uma bebida e algo para comer?

Seus ombros caíram. O clima estava quebrado.

— Claro — ele disse, agarrando minha mão e me levando para o bar. Pegamos bebidas e, em seguida, um garçom apareceu e nos ofereceu petiscos no estilo asiático. Enquanto conversávamos e comíamos, a mulher mais bonita que eu já tinha visto veio caminhando por entre as pessoas. Ela usava um vestido tomara que caia vermelho profundo, que acentuava os seios grandes. A bainha ficava logo acima dos joelhos, valorizando as pernas incrivelmente longas. Tinha os cabelos pretos e espessos como os meus, mas os dela formavam mechas soltas que caíam sobre a pele perolada. Lábios vermelhos brilhantes e a maquiagem esfumada nos olhos completavam o visual. Ela era o sonho de qualquer homem e o pesadelo de qualquer mulher. Exceto o meu. Eu queria ser ela!

— Gina. — Wes estendeu a mão para a mulher deslumbrante. — Eu gostaria que você conhecesse minha amiga, Mia Saunders. — Os olhos dela se arregalaram e seus lábios se curvaram em um sorriso pela forma como ele disse "amiga".

Ela colocou a mão pequena no ombro de Wes, olhou para ele e piscou de maneira adorável antes de virar para mim. Ele estava completamente encantado por ela. Caramba, eu também. Uma beleza como a dela não aparece com muita frequência.

— Gina DeLuca. — Ela estendeu a mão e eu a apertei. — Qualquer amigo do Wes é meu amigo também. — Sua voz soava como se estivesse cantando, com uma espécie de vibração sensual. Após o cumprimento, ela se postou à minha frente e pressionou descaradamente o peito contra o de Wes. — Estou realmente ansiosa para começar a filmar a sua história. O enredo é fascinante. — Sua mão se aproximou e acariciou a lapela dele. Ele ficou ali, sem palavras, olhando nos olhos daquela mulher muito sexy.

Senti como se estivesse invadindo um momento privado. Certamente eu não era necessária naquela conversa. E, apesar do que prometera a mim mesma, estava ficando com ciúme. Não, eu não tinha nenhum direito sobre Wes oficialmente, mas era sua acompanhante pelos próximos dias, caramba! Pigarreei. Isso em nada quebrou o feitiço que ela exercia sobre ele.

— Talvez a gente possa passar o texto na minha casa em algum momento, para eu entrar no espírito da personagem. — Ela lambeu os lábios e meu estômago queimou de raiva. Quem aquela mulher achava que era?!

— Hum, claro, é... Parece... hã — Wes tentou falar, e para mim bastou. Afastei-a do caminho, interrompendo educadamente.

— Amor, estou morrendo de fome. Vamos sentar e comer? — Pisquei para ele, mas tinha certeza de que não surtia o mesmo efeito. Wes olhou para mim, balançou a cabeça, e um sorriso surgiu em seus lábios. Seus olhos brilharam e ele me puxou para seu lado, com a mão na minha cintura.

— Qualquer coisa para a srta. Mia — disse, beijando minha testa. — Desculpe, Gina. Pode nos dar licença?

Olhei para a bela raposa de cabelos negros. Sua boca estava escancarada, como se não pudesse acreditar que eu havia me intrometido em seu jogo quando, na verdade, foi ela que se intrometeu no meu.

— Mia? Igual à do filme? — ela perguntou.

Wes olhou para mim com aquele sorriso de derrubar calcinhas.

— Eu queria algo para lembrar da minha garota quando ela se for — ele disse, sem olhar para Gina em nenhum momento. Esse gesto encheu meu coração de alegria e tristeza, por saber que o deixaria em breve.

— Lembrar dela? Para onde você vai? — ela me perguntou diretamente, cruzando os braços.

Respirei fundo e fechei os olhos.

— Seattle — respondi e vi quando Wes estremeceu.

— Ah, é? Para quê?

— A trabalho. — Eu não tinha nada melhor a dizer. Era verdade, mas eu não iria revelar para aquela mulher que eu era uma prestadora de serviço ou que Wes era praticamente um cara livre que poderia apreciar seus avanços.

Gina revirou os olhos.

— E o que você faz?

— Bom, nesse trabalho especificamente, vou posar para um pintor durante o próximo mês.

Ela abriu um sorriso falso.

— E você estará usando alguma roupa durante essas pinturas? — Foi direto ao ponto.

— Acho que já chega, Gina. Nos vemos no set em uma semana. Vem, Mia, vamos pegar algo para comer e encontrar um lugar para sentar. — Ele segurou meu quadril e me virou, caminhando na direção oposta à da bela atriz.

Conseguimos uma mesa no canto, que tinha uma vista ainda melhor do mar à noite. Um garçom trouxe mais bebidas e colocou um prato de aperitivos entre nós. Assim que dei uma mordida e deixei a massa folhada derreter na boca, Wes atacou:

— Então, Seattle? — Apenas assenti, sem querer discutir o assunto. — E a Gina estava certa na suposição que fez?

Dei outra mordida no canapé de peixe e tive que conter um gemido. Nossa, aquele lugar era incrível.

— Estava, Mia? Você vai ficar nua na frente de um artista enquanto ele te pinta? — Em vez de responder, dei de ombros.

— Eu fiz uma pergunta simples — ele disse, com os dentes cerrados.

— Talvez. Ele pinta nus, então é uma possibilidade — falei, pensando que seria melhor que a verdade absoluta ou uma mentira pura e simples.

Wes balançou a cabeça e tomou um longo gole de sua cerveja.

— Eu preciso de uma bebida de verdade. — Ele se levantou e foi até o bar. Eu me recostei na cadeira, pensando no que esta noite estava se transformando. Senti ciúme dele, e agora ele estava com ciúme de um cara que nenhum de nós conhecia. Que porcaria estava acontecendo?

Quando ele voltou, trazia um copo cheio de um líquido âmbar que fez meu estômago revirar. Desde a primeira noite, ele tinha se esforçado para não tomar uísque, e eu era grata por isso. Agora, porém, ele estava bebendo como se fosse água.

— Por que você está bravo?

Ele balançou a cabeça.

— Não estou bravo. — Cerrou os dentes, um músculo em sua mandíbula se remexendo.

— Acho que eu sei quando você está bravo. Estamos vivendo juntos há quase um mês.

— Você quer mesmo fazer isso? — ele finalmente perguntou.

— Não é questão de querer. Eu preciso! — sussurrei, inclinando-me para a frente. Ele olhou em volta.

— Você não precisa fazer merda nenhuma. Todo mundo tem uma escolha. Você poderia ficar aqui. — E ali estava. Ele definitivamente queria que eu ficasse, mesmo sabendo que eu não podia.

— Não faça isso...

— Por que não?! Porque isso vai te fazer sentir algo? — ele perguntou em tom de desdém.

Eu me levantei e fui embora. Wes não me seguiu.

O som de vidro se quebrando me acordou de um sono pesado. Levantei-me e andei pelo corredor na ponta dos pés, mantendo-me em um silêncio mortal até que encontrei Wes rindo, com metade da jaqueta no corpo e a outra retorcida em sua mão, como se estivesse tentando tirá-la.

Fui até ele e puxei a jaqueta. Foi uma péssima ideia. Assim que ficou livre, ele me empurrou com tudo contra a parede oposta, os lábios em meu pescoço. Ele mordeu com força e eu gritei, tentando afastá-lo.

— Mia, Mia, Mia, eu te quero tanto. Não quero perder você... por favor — ele implorou, mas eu não tinha ideia do que suas palavras bêbadas e enroladas realmente significavam.

— Vem. Vou te levar para a cama — eu disse, tentando guiá-lo. Ele deu alguns passos, parou e me agarrou novamente. Minhas costas bateram em outra parede. Desta vez sua mão segurou meu peito e ele apertou meu mamilo com dedos experientes. Eu gemi.

— Porra, eu amo esses barulhos que você faz. Algo entre um gemido e um lamento. Deixa o meu pau muito duro. — E ele não estava brincando. Sua ereção estava dura como uma rocha. Antes que eu pudesse me mover, ele colocou uma perna minha ao redor do seu quadril. Mesmo em estado de embriaguez, ele sabia exatamente o que estava fazendo. Seus movimentos só estavam um pouco mais lentos e menos coordenados.

— Wes, aqui não. Você precisa ir para a cama.

— Vem comigo? — ele pediu, lambendo e mordendo a base do meu pescoço. — Fica comigo, na minha cama.

— Tá, tudo bem. Vamos transar na sua cama desta vez — eu disse, levando-o para o quarto. Ao chegarmos lá, ele se virou, me agarrou pela cintura e me beijou. Mesmo com gosto de uísque, bebida que eu não suportava, seu sabor era delicioso.

— Não. Eu quero que você durma comigo. A noite toda. Quero acordar com você uma vez — ele pediu, conduzindo-me para a cama.

Ele se sentou, puxou minha calcinha e eu levantei a camisola, ficando parada diante dele, nua como no dia em que nasci.

— Eu amo esse corpo. — Sua mão traçou minha clavícula, depois o seio, onde ele deu um pequeno aperto, seguindo para a curva da minha cintura, passando pelo osso do quadril até a minha coxa. Tremi quando ele completou a jornada do outro lado. — Só desta vez, fique a noite toda. Me deixe acordar com você. — Ele se inclinou, tomando um mamilo em sua boca. Raios de eletricidade envolveram meus membros, o prazer sendo o primeiro a surgir, seguido pela luxúria e pela necessidade.

— Só desta vez — repeti.

Naquela noite, fizemos amor pela segunda vez. Amor desesperado e arrebatador. Em algum momento no meio da noite, Wes acordou sóbrio e me possuiu novamente. Disse que queria reviver tudo o que fizemos, assim teria certeza de que se lembraria. De minha parte, eu sabia que jamais esqueceria.

Acordei com ele me observando. Seu cabelo loiro e desgrenhado caiu sobre os olhos, e eu o afastei para o lado, querendo vê-lo por inteiro à bela luz da manhã.

— Por que você é uma acompanhante? — ele perguntou. Não havia julgamento ou dureza em sua voz. Apenas uma pergunta, como se ele estivesse morrendo de curiosidade para saber desde o primeiro dia. E provavelmente estava mesmo.

Tinha chegado a hora. Wes merecia saber o motivo pelo qual eu não poderia lhe dar mais. Eu sabia que ele queria que eu ficasse, provavelmente morasse com ele, para vermos como seria viver juntos de verdade. Ele sabia que eu não me incomodaria que ele fosse tão ocupado, a razão pela qual ele alegava não ter um relacionamento. Eu sabia cuidar de mim e já tinha provado isso. Não era uma mulher pegajosa, como a maioria das esposas-troféu. Mas essa era a questão. Eu não queria ser uma esposa ou namorada-troféu. Era importante para mim encontrar meu próprio caminho, ser eu mesma. E naquele momento eu não podia fazer isso, porque tinha que ajudar meu pai.

Em vez de dourar a verdade ou inventar alguma coisa plausível, fui honesta com ele.

— Meu pai deve dinheiro para uns caras muito cruéis. Muito dinheiro.

— Eu tenho muito dinheiro — ele disse calmamente. Lágrimas se formaram no canto dos meus olhos com sua declaração. Virei-me para ele, juntei as mãos e as coloquei embaixo da bochecha. Ele imitou minha postura.

— Sim, eu sei, mas é o seu dinheiro. Meu pai se endividou com um agiota por causa de jogo. Estou trabalhando para saldar essa dívida.

— Quanto?

— Um milhão.

Ele soltou uma respiração lenta.

— Eu tenho muito dinheiro sobrando, Mia. Eu posso ajudar você.

Balancei a cabeça. Sabendo o tipo de homem que Wes Channing era, eu tinha certeza de que, assim que descobrisse que minha família estava em apuros, ele iria querer ajudar. Só que esse problema era meu, não dele.

— Eu sei que pode, mas eu não pediria a sua ajuda. — Era preciso deixar bem claro que essa era uma decisão minha. Eu não era uma donzela em perigo e ele não era um príncipe num cavalo branco, tentando salvar o dia. Contos de fadas não existem, especialmente para garotas de Las Vegas com um caminhão de bagagem.

— Mas e se eu quiser ajudar?

— Você é muito gentil, Wes.

Ele balançou a cabeça e deitou de costas.

— Não, Mia, não sou. Eu sou egoísta. Não quero que você vá embora. Não quero que você vá posar nua para um artista rico de Seattle. Quero você aqui, comigo, na minha casa e na minha cama. E pago o preço que for preciso para conseguir isso.

Perdi o fôlego.

— Você me ama, Wes?

Seu olhar se prendeu no meu.

— Humm. — Ele lambeu e mordiscou os lábios carnudos. Me fez desejar beijá-lo. — Eu só sei que gosto de você. Gosto muito de você.

Abri um grande sorriso e tracei seu nariz com a ponta do dedo.

— Eu também gosto de você, Wes. Muito. Mas eu tenho que fazer isso. Não só pelo meu pai, que é o motivo principal, mas por mim também. E você não precisa de distrações. As filmagens começam na semana que vem. Você vai dirigir pela primeira vez...

Ele passou a mão pelo cabelo.

— Eu sei de todas essas coisas. Isso não muda o fato de que eu quero você aqui.

— Eu sei que não. E, para ser honesta, eu não quero ir, mas vou. E nós dois vamos continuar amigos, certo?

Ele suspirou e puxou meu corpo para cima do seu. Descansei os braços sobre seu peito e apoiei o queixo em seu esterno.

— Claro que vamos. Para falar a verdade, você é a melhor garota que eu já tive.

Minhas sobrancelhas se ergueram.

— Quer dizer, você sabe, a melhor amiga.

— Sei. — Dei um beijo em seus lábios.

— Então você vai embora em dois dias, e não há nada que eu possa fazer ou dizer para você ficar?

Balancei a cabeça e a descansei sobre seu coração, deixando as batidas pesadas me levarem para um lugar que era meio vigília, meio sono. Eu sabia, no fundo do meu coração, que a única razão para eu ficar, para considerar ficar, seria se ele me amasse. Não havia como negar que eu estava me apaixonando por ele, mas tentei conter o sentimento, sabendo que o amor nunca deveria fazer parte da equação. Não depois de me apaixonar por todos os homens com quem eu tinha transado. Desta vez, com Wes, eu havia protegido o meu coração com tanta força que ele só conseguiu pequenos pedaços ao longo do caminho. Todo o resto ainda estava seguro, comigo no controle total.

— Então, como ficamos? — Ele deslizou as mãos para baixo, segurando minhas nádegas, e as apertou. Isso me fez pensar em como eu sentiria falta de suas habilidades na cama. Voltar a ter um namorado movido a pilhas não estava no topo da lista de coisas que eu queria fazer em Seattle. Ver o fálico Space Needle — isso, sim, estava no topo da lista.

— Que tal como amigos? — sugeri. Ele fez uma careta. — Melhores amigos? — tentei.

Ele me levantou pela cintura, centralizando o pau duro entre minhas coxas, e eu afundei sobre ele, sentindo centímetro por centímetro do seu comprimento. Senhor, o homem era bem-dotado. E o melhor: sabia exatamente como usar o que tinha.

— Colorida — sussurrei quando ele me penetrou fundo. Ele sorriu. — Amizade colorida — esclareci, inclinando a cabeça para trás, apoiando as mãos em seu peitoral musculoso e o apertando por dentro.

O corpo de Wes tensionou.

— Agora você está falando a minha língua. — Ele me direcionou para cima e então para baixo, com força. Nós dois gritamos. — Agora comece a cavalgar.

9

— O QUE VOCÊ QUER FAZER HOJE? — WES PERGUNTOU QUANDO ENTREI NA cozinha. Para minha surpresa, ele estava cozinhando; virando panquecas, para ser mais exata. Olhei em volta, procurando a sra. Croft.

— Cadê a Judi?

— Dei folga para ela. Já que é o seu último dia, eu queria ficar sozinho com você. — Ele sorriu e piscou.

Sentei-me na banqueta em frente à ilha onde ele estava terminando de preparar o café da manhã. As panquecas pareciam perfeitas e tinham um cheiro delicioso. Fiquei olhando, com admiração, para a pequena pilha. A manteiga escorria pelas laterais sedutoramente, misturando-se à calda grossa. Então ele apertou uma lata de chantili por cima, fazendo um tipo de desenho no topo. Com um movimento, deslizou o prato à minha frente. No topo da pilha havia uma carinha sorridente.

— Comida feliz. — Ele balançou as sobrancelhas e eu ri. Esse homem era uma contradição. Viciado em trabalho, surfista, contratante de acompanhante, andava de jipe, um cara rico que fazia panquecas com carinhas. — Que foi? — Ele apoiou os cotovelos no balcão e inclinou a cabeça. Seu rosto tinha a barba rala que eu me acostumara a ver todas as manhãs e adorava. Usei a ponta dos dedos para tocar a superfície áspera.

Balancei a cabeça e cortei a pequena pilha de cinco panquecas perfeitamente redondas.

— Você me surpreende. Toda vez que eu acho que já te desvendei, você vem e me surpreende mais uma vez.

Wes encolheu os ombros e atacou o próprio café da manhã.

— O que eu posso dizer? Gosto de manter você em suspense. — Ele sorriu e eu pude jurar que todos aqueles filmes melosos de mulherzinha que eu tentava evitar estavam certos. Um cara legal pode iluminar o ambiente e tornar o mundo menor, como algo que se encaixa perfeitamente no espaço onde está o seu foco.

— Voltando a sua pergunta inicial... — falei, com a boca cheia das melhores panquecas que eu já tinha comido (incluindo as minhas). — Eu gostaria de dar um passeio na minha moto — respondi.

— Estou dentro. Aonde vamos?

Sorri e joguei o cabelo rebelde, recém-saído da cama, por cima do ombro.

— Para onde a moto nos levar. A questão não é o destino. É a viagem que conta.

Wes veio até meu lado, se sentou na banqueta e virou em minha direção. Encarei-o, achando que iria me beijar. Era sempre a primeira coisa que ele fazia pela manhã, mas hoje foi diferente. Tudo neste último dia estava tão pesado, oprimido pela minha partida. Em vez de um beijo, ganhei uma bolota de chantili no nariz.

— Que profundo — ele disse, sem expressão.

Eu o empurrei.

— Cala a boca!

Ele riu.

— Qual é, Mia? Não é o destino, e sim a viagem? Onde você leu essa merda? Fale a verdade. Estava escrito na etiqueta quando você comprou a moto, não é?

— Mas é verdade! — Balancei a cabeça e começamos a tomar o café. De vez em quando ele me cutucava com o cotovelo. De leve, só para lembrar que estava ali e mexer comigo. Para ser sincera, eu iria sentir muita saudade de Wes. Mais do que eu gostaria de admitir. Muito mais.

— Deus do céu — Wes disse quando entrei na garagem onde minha moto fora guardada. Seu olhar passeava sobre mim. Desde a jaqueta de couro preta que eu usava por cima da regata do Radiohead, passando pelo jeans skinny que evidenciava minha bunda, até as botas na altura dos joelhos.

— Gostou? — Joguei o quadril para o lado, sabendo que aquilo acentuava minhas curvas, que ele tanto apreciava. Ele me disse muitas vezes que era apaixonado pelo meu corpo. Wes preferia mulheres com carne. As magérrimas não faziam o seu tipo. Pelo menos era o que ele dizia. Ele podia estar me enrolando, mas, se o olhar em seu rosto era uma indicação, ele gostava do que estava vendo.

Ele jogou a jaqueta de couro sobre o banco da moto, deu a volta ao redor do jipe e, em dois segundos, sua boca estava colada na minha. Beijar para Wes era mais do que preliminares. Era uma marca, algo que ele gravava em minha pele e que eu levaria comigo todos os dias. Caramba, eu nunca esqueceria seus beijos. Eram tão bons. Às vezes ele mordiscava levemente; em outros momentos, sua língua me invadia, seguida por movimentos profundos. E suas mãos, ah, suas mãos eram magníficas. Ele sabia exatamente que pontos acariciar, apertar, tocar e manipular, coisas que estava fazendo naquele instante com minha bunda e meu seio. Uma mão em cada um. Ninguém jamais poderia dizer que Wes não era bom com as mãos.

Chupei sua língua e mordi seu lábio até ele gemer. Ele se afastou e colou a testa na minha.

— Achei que fôssemos andar de moto — sussurrei contra seus lábios, depois os lambi.

— É, até eu ver você assim. Agora o meu pau tem outros planos. — Ele pressionou os quadris contra os meus. Pude sentir a ereção através do jeans.

Com grande esforço, eu me afastei, segurei seu rosto e olhei em seus belos olhos verdes.

— Mais tarde. A espera torna tudo mais doce. — Finalizei mordiscando seus lábios mais uma vez. Ele tentou me segurar, mas eu me afastei.

Balançando ainda mais os quadris, para que ele tivesse uma boa visão da minha bunda, passei uma perna sobre a moto.

— Ei, garota. — Acariciei o tanque e o guidão. — Está pronta para mostrar ao Wes o que você pode fazer, docinho? — falei baixinho para Suzi.

— Hum, acho que você precisa ir mais para trás, para que eu possa guiar. — Wes fez um gesto para subir na moto.

— Acho que não entendi bem. Você quis insinuar que eu iria na garupa? — Minhas sobrancelhas se ergueram e eu estreitei o olhar.

Ele pôs uma mão no guidão e a outra ao lado do corpo.

— Se isso significa que as suas pernas vão me apertar e eu vou poder sentir o seu calor atrás de mim, então, sim, é exatamente isso que estou sugerindo. — Ele lambeu os lábios e examinou meu corpo mais uma vez. Novamente, não deixei passar batido aquele olhar sobre mim. Era como se fossem suas mãos, porque eu podia senti-lo me tocando cada vez que ele me olhava daquele jeito.

— Bom, acredito que estamos num impasse, então. A Suzi é a minha garota, e eu sou a única que a dirige. Você, meu amigo, vai precisar passar suas coxas grossas ao meu redor. — Cheguei para a frente e abri espaço na garupa. — A menos que esteja preocupado com a sua masculinidade.

Wes me surpreendeu mais uma vez. Vestiu a jaqueta de couro e passou a perna comprida por cima da moto. Então, antes que eu pudesse ligar Suzi, foi ele que me deixou ligada. Moldou seu corpo ao meu, deslizou a mão para frente e para cima, sob a minha regata, empurrando meu sutiã, tirando-o do caminho para alcançar a pele nua. Em seguida, seus dedos apertaram e puxaram o bico, fazendo-o endurecer. Gemi quando sua boca desceu em meu pescoço, chupando e mordiscando a pele sensível. Curvei-me para trás, inclinando a cabeça em seu ombro e pressionando seu pau. Assim que virei o pescoço em direção a ele, o botão do meu jeans foi aberto e o zíper, puxado para baixo.

— Ah, Wes... — sussurrei quando sua mão fez contato, indo direto para dentro da minha calça. Aqueles dedos talentosos não demoraram a encontrar meu centro de calor. Ele enfiou dois deles profundamente em mim enquanto girava o polegar sobre o nó apertado que pulsava, ansiando pelo seu toque. Wes não decepcionou. Com os braços poderosos, arqueou meu corpo, usando meu sexo e meu seio como âncora. Seus dedos se enterraram profundamente, até que eu gritei, apertando os olhos com força quando os espasmos sinalizaram que minha libertação estava próxima.

Seus dentes mordiscaram meu pescoço, e eu forcei os quadris para trás, usando os saltos como apoio. Eu sabia que ele manteria a moto de pé com suas pernas musculosas, então fui para cima dele com força, lutando para atingir o ápice do prazer.

— Monte em mim, linda — Wes sussurrou em meus cabelos. Aquele timbre murmurado me levou ainda mais para o caminho da felicidade. Fiz o que ele disse. Como uma devassa, me inclinei mais para trás sobre ele, movimentando os quadris, forçando seus dedos a me comerem mais fundo. Sua mão não era nada além de um borrão entre minhas pernas enquanto me acariciava. Então ele apertou meu mamilo, mordeu meu pescoço e enfiou a mão mais profundamente ainda, enganchando os dedos para cima e puxando para baixo, esmagando meu clitóris com a palma da mão.

E eu estava perdida.

No doce e abençoado estado de inconsciência.

— É isso aí, linda. Volte para mim — Wes disse em meu ouvido, seu polegar ainda acariciando meu clitóris, enviando doces tremores que se espalhavam por todas as direções enquanto eu voltava à Terra. — Tenho que dar o braço a torcer — ele sussurrou antes de virar meu pescoço e me beijar.

— Dar o braço a torcer por quê? — perguntei, ainda perdida em algum lugar feliz.

— O destino foi bom, mas o importante é mesmo a viagem. Ver você gozar tão loucamente nos meus braços, em cima desta moto, é algo que eu nunca vou esquecer.

Nem eu.

Passeamos por toda a Highway One, tendo como vista a Malibu Canyon Road e a Mugu Rock. Wes indicou uma saída perto da placa desgastada de uma praia pública. A entrada ficava fora do caminho asfaltado, mas ele sabia aonde estávamos indo. Parei a moto em uma área diminuta com uma trilha de terra que levava a uma pequena enseada. Quando chegamos lá, Wes pegou um cobertor fino na mochila. Nós o esticamos sobre a areia e nos sentamos, olhando para o mar. O lugar era público, mas estava completamente deserto. Não havia casas nem pessoas por quilômetros. Wes remexeu na mochila novamente e pegou sanduíches.

— Você fez o almoço também? Desse jeito vai me acostumar mal. Panquecas incríveis e agora isso? Me deixe adivinhar: peru com homus e folhas frescas? — Arqueei uma sobrancelha, e ele cobriu a boca enquanto ria.

— Tente mais uma vez, princesa. — Me entregou metade de um sanduíche.

— Pasta de amendoim e geleia? — Olhei para baixo e balancei a cabeça, dando uma mordida no pão. Tinha a proporção perfeita de pasta de amendoim e geleia de frutas vermelhas. Ele sorriu e me entregou uma garrafa térmica. Eu esperava que fosse água, mas era leite gelado. — Leite?

— Só o melhor para você, srta. Mia. — Ele deu uma grande mordida e pegou o leite.

— Esse é o meu sanduíche favorito, sabia? — Seus olhos se arregalaram. — É sério, eu adoro. E sabe o que mais? Eu adoro tudo isso. Estar sentada aqui com você, depois de uma longa viagem. É... Bom, eu vou me lembrar disso, Wes. De estar aqui com você. Este mês foi o melhor da minha vida. E não só pelo sexo. — Ele levantou as sobrancelhas. — Tudo bem, talvez pelo sexo. — Nós dois rimos.

Ele deu outro gole no leite e respondeu:

— Eu sei o que você quer dizer. Estar com você é fácil. — Levantei a cabeça e ele sorriu. — Não fácil desse jeito. Só... é bom. Você não faz jogo comigo. Suas necessidades são simples, e você não fica fazendo drama. Eu não sabia que um relacionamento podia ser assim, fácil.

— Nunca foi fácil para mim também. Sempre tinha algo no caminho — admiti. Wes olhou ao longe enquanto eu examinava seu perfil. No que se refere a homens bonitos, Weston Channing estava no topo. Ele nem precisava se esforçar para ter uma boa aparência. Era naturalmente bonito. Casual, profissional, mesmo quando acabava de acordar e tinha remela nos olhos, ele ainda era de parar o coração de tão lindo. Agora, desfrutando deste momento na praia comigo, compartilhando um pouco de si mesmo, ele estava irresistível. — Você já se apaixonou alguma vez?

Seus olhos encararam os meus, uma sugestão de sorriso nos lábios. Ele se apoiou nos cotovelos e balançou a cabeça.

— Não, acho que não de verdade. Algumas poucas vezes pensei que estava apaixonado, mas, como eu disse, nunca foi fácil. E eu acho que, quando você ama alguém, deve ser fácil. As coisas simplesmente se encaixam, sabe?

Assenti.

— Os planetas se alinham e tudo simplesmente funciona?

Ele riu.

— Mais ou menos assim. E você?

— Eu o quê?

— Já se apaixonou? — Pensei longamente em sua pergunta. Tanto que sua mão veio até meu ombro e o apertou com ternura. — Você não precisa me contar.

— Não, não é isso. É que seria mais fácil me perguntar se alguma vez eu *não* me apaixonei. De alguma forma, eu me apaixonei por cada homem com quem já estive. Infelizmente agora, sentada aqui com você, estou me questionando se eu estava de fato apaixonada, ou só com tesão, ou se simplesmente me deixei dominar por eles.

— Por que você acha isso?

Eu ri, encostei as pernas em meu peito e apoiei o queixo sobre os joelhos.

— Não tenho certeza. É uma sensação diferente com você.

— Então você ficou comigo por um mês. Admitiu que foi o melhor sexo da sua vida inteira. — Revirei os olhos, mas ele continuou: — Concordou que é diferente comigo. Isso quer dizer que você me ama?

— Talvez — falei honestamente, sem saber de que outra forma responder.

— Que foda.

— Vamos fazer isso mais tarde, lembra? Expectativa? — brinquei.

Ele riu, depois se virou de lado e apoiou a cabeça na mão.

— E se eu disser que estou me apaixonando por você?

— Wes — adverti. Ele sabia que não deveria seguir por esse caminho.

— Não, vamos conversar sobre isso. — Ele me obrigou a me inclinar para trás e imitar sua pose, de modo que ficamos deitados de lado, olhando nos olhos um do outro. — Se você talvez me ama e eu estou me apaixonando por você, não deveríamos fazer algo a respeito?

Eu sorri.

— Nós vamos fazer. Vamos continuar amigos. Você vai trabalhar e dirigir o seu filme. Nós vamos manter contato, e, quando a minha dívida estiver paga... — Olhei profundamente em seus olhos e parei.

— Quando a sua dívida estiver paga, o quê?

— Eu volto para casa, em L.A., onde você vai estar — sugeri.

— Mas ainda assim você vai embora amanhã. — A tristeza em seus olhos verdes roubou meu fôlego. Foram longos momentos antes que eu pudesse responder.

— Sim. Eu vou embora amanhã.

Ele assentiu com a cabeça e olhou para baixo.

— Então, quando você voltar... — Desta vez suas palavras sumiram.

— Eu não quero que você fique me esperando, Wes. Se você encontrar algo de bom com alguém, aproveite. Divirta-se. Um homem como você, com a aparência que tem, não vai ter dificuldade para encontrar uma mulher para aquecer a sua cama.

— É isso que você vai fazer? Deixar os clientes aquecerem a sua cama? — Seu tom de voz era duro, mais do que eu esperava, mas eu sabia que estávamos pisando em terreno perigoso. Isso poderia arruinar tudo o que tivemos no decorrer do mês e o que poderíamos ter no futuro. Era hora de pegar leve.

— Só estou dizendo que, pelo próximo ano, vamos seguir caminhos separados. E vamos fazer o que quisermos.

Ele deixou escapar um lento e longo suspiro e se sentou.

— Isso significa que você não vai esperar por mim. — Ele soltou o ar com força, como se estivesse segurando um acesso de raiva.

Balancei a cabeça.

— É, não. Vou fazer o que achar certo para mim no momento. E quero que você faça o mesmo. Mas não quero que você saia da minha vida.

Ele lambeu os lábios e, em seguida, agarrou minha mão, levando-a à boca para um beijo.

— Eu não quero que você saia da minha também. Só estou tentando encontrar um jeito de fazer parecer certo você ir. Porque não parece certo.

Segurei sua mão com força e a levei aos lábios para retribuir o beijo.

— Não parece para mim também, mas é o que vai acontecer. Por favor, respeite a minha decisão. Você pode fazer isso por mim? E, no futuro, vamos ver no que dá. Isso tem que ser suficiente.

— Está longe de ser suficiente, Mia. Mas, se é tudo o que eu tenho, vai ter que servir por enquanto. — Ele me puxou para o seu lado e me abraçou apertado. Agarrei-me a ele, sabendo que, em breve, estaria partindo.

Todas as minhas coisas foram colocadas no SUV, e observei quando o carro saiu da garagem de Wes e seguiu para o meu apartamento. O motorista levou a chave de casa, então guardaria tudo e deixaria o chaveiro com o zelador.

Wes esperava que eu estivesse aqui quando ele chegasse do trabalho, para que pudéssemos fazer nossa última refeição juntos.

Mas eu sabia que isso acabaria comigo. Pior: me arruinaria. Depois do nosso momento na praia ontem, voltamos para casa e passamos a tarde e a noite inteiras fazendo amor. Exatamente. Não trepamos nem transamos. Fizemos amor várias vezes, até estarmos exaustos e desmaiarmos, aconchegados em sua cama gigante. Então, ele recebeu um telefonema que o obrigou a ir para o estúdio esta manhã. Ele disse que estaria em casa às seis para me levar para o nosso último jantar. Só que eu não estaria aqui. Seria difícil demais dizer adeus depois de tudo o que passamos.

Em vez disso, decidi compartilhar meus pensamentos com ele por escrito, deixando uma carta clichê, porém sincera. Basicamente, eu era uma covarde.

Weston Charles Channing III,

Escrever seu nome completo assim me faz rir descontroladamente. Você já disse o seu nome em voz alta? Diga. Por mim. É engraçado. Você vai rir. Eu ri. ☺

Agora, com toda a seriedade, quero lhe agradecer por este mês. Eu estava esperando odiar cada segundo deste trabalho, e, em vez disso, acabou sendo a coisa mais emocionante que já fiz na vida. Conhecer você foi um presente. Você é um presente, Wes. Eu sei que isso soa piegas, e quase risquei essa parte, mas você precisa ouvir isso de alguém que se importa. E eu me importo. Muito. Mais do que deveria.

Estar com você, passar esse tempo juntos, me transformou. Para melhor, acho. Agora, sinto que posso passar por este ano e aprender alguma coisa com ele, além de salvar meu pai. Acho que, no fim, vou estar salvando a mim mesma. É hora de viver para mim. Se eu ficasse e deixasse você cuidar dos meus problemas, saldar a dívida do meu pai, me arrependeria pelo resto da vida. Isso estaria sempre pairando sobre a minha cabeça e o nosso relacionamento. Partindo desta forma, estou saindo nos meus termos. E nós vamos ser bons amigos. Melhores amigos. Amigos coloridos? <piscadela>

Estou triste por ir embora? Sim. Não quero ir, mas você já sabe disso. Sei que o que estou fazendo é chato para nós dois, mas também sei que é a única maneira de poder ser verdadeiramente livre. O que as pessoas dizem sobre isso mesmo? "Se você ama uma pessoa, deixe-a livre. Se ela não voltar, não era para ser."

Espero voltar um dia. Se tiver que ser, será. Certo? Se não for para ser, vamos ter sempre um amigo com quem contar. Realmente espero que você entenda isso e perceba de onde estas palavras estão vindo. Desejo o melhor para você. Seu filme vai fazer o maior sucesso, porque você o escreveu, e suas palavras são lindas.

Hoje pela manhã, quando achou que eu estava dormindo e me deu um beijo de adeus, você disse baixinho: "Lembre-se de mim". Wes, eu prometo que nunca vou esquecer nossos momentos juntos, e o mais importante: eu nunca vou te esquecer.

Com tudo o que sou,
Mia

Então, beijei a carta junto ao meu nome, deixando a marca de meus lábios carnudos e rosados. Um último beijo para Wes.

Os dias seguintes foram um pesadelo, cheios de compromissos que tia Millie agendou para mim antes do encontro com o artista gostosão, Alec Dubois. Arrumar os cabelos e fazer as unhas era bom, apesar de incrivelmente tedioso. Eu gosto de ficar bonita, como toda mulher, mas passar quatro horas fazendo o cabelo e mais duas fazendo as unhas era ridículo. Depois disso, Millie me mandou para a esteticista.

"Esteticista" é outro nome para torturadora. Elas começam com uma máscara facial relaxante, acalmando seus sentidos com aromas agradáveis, música tranquila e massagem. Em seguida ligam um holofote gigante. Nesse momento, suas opções são fechar os olhos ou perder uma retina. Fechar os olhos serve para te ajudar quando elas trazem a escavadeira, quer dizer, o extrator. Também conhecido como estourador de espinhas ou pá de escavação de cravos, ele remove todos os restos de imundície nojenta deixados pela maquiagem diária. É um negócio sério, mas vou dizer: meu rosto nunca esteve melhor. Brilhante, a pele impecável, parecendo bumbum de nenê. Ficou muito suave ao toque.

Aí meu dia se tornou uma merda total. Depilação. Em toda parte. O artista tinha exigências muito específicas. Se eu fosse tirar a roupa, e ele fosse pagar um adicional de vinte e cinco mil, eu não poderia ter pelos em nenhum lugar, exceto na cabeça. A penugem dos meus braços foi poupada, felizmente. Minhas regiões baixas, nem tanto. Se você nunca teve o prazer de fazer uma depilação à brasileira, considere-se sortuda. Primeiro a torturadora, quer dizer, a esteticista, cobre cada centímetro de suas partes femininas com cera quente, quase provocando queimaduras. Depois que a cera esfria e endurece, a mulher arranca uma camada de pele com cada fio de pelo, deixando tudo lisinho e suave, fazendo você parecer menos uma mulher e mais uma criança.

É degradante, e não posso imaginar por que as mulheres passam por isso por vontade própria se não estão recebendo uma bolada. Pelo menos eu sei que vou receber no fim do meu sofrimento. Qual é a justificativa delas?

Meu telefone emitiu um sinal sonoro no bolso de trás. Eu tinha recebido uma mensagem de texto. As pessoas ainda estavam se acomodando antes da decolagem, então pude ler a mensagem de Wes e talvez tivesse tempo para responder.

> Recebi sua carta. Desculpe não ter entrado em contato antes. Achei melhor dar um tempo. Quero te desejar boa viagem. Tem uma coisa na sua bolsa, no bolso da frente. Ligo pra você em breve. Lembre-se de mim.

Sorri e peguei a bolsa debaixo da poltrona da frente. Dentro de um dos bolsos havia uma pequena caixa preta, com cerca de sete centímetros de largura por dois de altura. Assim que a abri, o que vi me fez dar um sorriso tão largo que meu rosto poderia estourar. Dentro da caixa havia uma chave de bronze pendurada em uma pequena prancha amarela e rosa. Era a chave que eu usava enquanto morei com Wes. A minha chave. Só que, desta vez, o chaveiro ganhou um pequeno acréscimo. Um coração vermelho brilhante balançava ao lado da prancha.

Um bilhete estava preso na parte inferior da caixa. Eu o abri.

Mia,
Você esqueceu sua chave. Ela abre muito mais do que uma porta. Um dia, espero que você a use.

Wes

Peguei o chaveiro onde estavam as chaves da Suzi e as do meu apartamento e prendi nele a prancha e a chave da casa de Wes. Sua intenção não poderia ser mais clara. Se eu quisesse voltar para ele, precisaria estar pronta para lhe dar o meu coração, porque o dele já era meu.

Não perca o próximo passo da jornada de Mia.

A *garota* do CALENDÁRIO

FEVEREIRO

Conheça a seguir o primeiro capítulo.

1

As portas de ferro retorcidas e enferrujadas do antigo elevador fizeram um barulho alto quando o motorista as puxou para fechá-las. Ele não havia dito uma palavra além de "Você é a Mia?", quando desci a escada rolante do setor de desembarque do Aeroporto Internacional de Seattle-Tacoma. Achei que seria seguro acompanhá-lo, já que ele exibia uma placa com meu nome completo, e tia Millie avisara que eu deveria esperar um homem gigante com aparência de lenhador para me levar ao meu próximo cliente. A parte do gigante não era brincadeira, e ela não estava falando da estatura. O cara era apenas alguns centímetros mais alto que eu, mas o que lhe faltava em altura ele compensava em largura. Me fez pensar em um lutador profissional ou um fisiculturista.

Ao chegar ao décimo andar, o elevador parou bruscamente, balançando e me atirando contra o brutamontes ao meu lado. Ele era uma parede, e nem piscou quando o atingi; apenas grunhiu como um animal. As portas enormes se abriram e ele me conduziu para o que parecia ser um galpão. As vigas e tubulações eram visíveis, e o teto estava a uma distância de pelo menos dez metros do chão de concreto. Havia pessoas por todos os lados, metade delas nua.

No que foi que eu me meti agora?

Flashes brilhavam, canhões de luz e refletores eram movimentados em carrinhos, enquanto eu, parada na entrada, tentava assimilar tudo aquilo. O brutamontes encostou minha bagagem em uma parede lateral e apontou para um homem agachado com uma câmera colada ao rosto.

— Sr. Dubois — ele resmungou. Então se virou abruptamente e entrou no elevador do qual tínhamos acabado de sair, me deixando ali sozinha.

— Um homem de poucas palavras. — Soltei lentamente o ar que enchia meus pulmões. Eu não sabia o que fazer. Deveria me sentar em um canto e esperar que alguém se aproximasse, torcendo para que não fosse um dos homens ou mulheres nus espalhados por todo lado, ou seria melhor incomodar o cara que estava fotografando alguma coisa que eu não conseguia ver?

Em vez de esperar, decidi fazer o reconhecimento do ambiente e andar por ali. Era um loft, mas não era usado para morar. Janelas frágeis cobriam as paredes à direita, algumas totalmente abertas e outras bem fechadas. Parecia necessário ter uma manivela para abri-las, o que eu achei muito legal e retrô. Mulheres nuas e seminuas estavam ali, me avaliando enquanto se moviam diante de telas brancas gigantescas. Elas não estavam posando, na verdade. Só ficavam na frente das telas, se movimentando, enquanto assistentes vestidos de preto aperfeiçoavam cada posição com mudanças sutis nos cotovelos ou nos pés delas. A cada nova mudança, os assistentes se afastavam, tiravam uma única foto e começavam tudo de novo. Minúsculos movimentos novamente, e depois outra foto. Era muito esquisito.

Fui para outra área, onde um casal nu estava deitado sobre uma enorme tela branca, que devia ter pelo menos três metros por três. Um dos assistentes subiu em uma pequena escada, indo até uma plataforma que ficava exatamente em cima do casal, e lentamente despejou o que parecia ser tinta azul brilhante sobre cada centímetro dos dois corpos.

— Não se mexam! — ele gritou. — Vamos ter que começar tudo de novo, e o sr. Dubois não vai gostar disso — acrescentou, com firmeza. O casal se manteve unido, as mãos da modelo ao redor da cabeça do homem, como se estivesse prestes a beijá-lo. Os braços dele estavam em volta dela: uma das mãos na bunda, segurando uma perna em cima de seu quadril, e a outra na parte de trás da cabeça.

A tinta escorria pelas pernas do casal e pingava na tela.

— Continuem assim — o homem ordenou. Eu estava tão fascinada com aquela cena estranha que não ouvi quando uma pessoa se aproximou por trás de mim, até que meu cabelo foi afastado do pescoço.

— Perfeição — ouvi um sussurro em meu ouvido, antes que um beijo me tocasse a pele nua, onde o ombro e o pescoço se encontram.

Eu me afastei sem olhar para onde estava indo, tentando escapar do estranho que havia me tocado, quando esbarrei em algo atrás de mim. Antes que eu pudesse me virar, minha bota enganchou na borda da tela e eu caí em cima da plataforma onde o cara irritado segurava o balde de tinta. O que veio a seguir foi um caos absoluto. O homem com o balde foi tombando para a frente e a tinta azul pegajosa voou, espirrando na tela e na lona que protegia o concreto.

O casal embaixo deve ter percebido o que estava para acontecer, pois o homem rolou com a garota nua como se tivesse sido treinado pelas forças armadas. Ele se poupou de ser encharcado com mais tinta e escapou da plataforma, prestes a desabar sobre eles.

Eu não tive tanta sorte.

Quando caí para trás, meu outro salto atravessou a lona grossa e ficou preso, enquanto meu corpo se curvava na direção oposta. Gritei quando meu tornozelo torceu dolorosamente e levei um baita tombo sobre a tinta azul e a lona rasgada.

— Deus do céu! — O homem de quem tentei fugir entrou naquela bagunça e me puxou pelos braços. Seus olhos castanho-

-dourados eram hipnotizantes e pareciam preocupados. Pequenas linhas nos cantos dos olhos revelavam que ele provavelmente era uns dez anos mais velho que eu. O cabelo castanho-claro, com mechas naturais em nuances douradas e avermelhadas, estava preso em um pequeno coque. A mandíbula era perfeita, e os lábios grossos eram margeados por uma barba cuidadosamente aparada. Nunca saí com alguém de barba, mas encarar esse homem, com seus braços fortes me segurando bem junto a seu corpo alto e musculoso, me levou a perguntar por que eu nunca tinha experimentado. Ele era tão lindo que foi quase impossível desviar o olhar. Lembrava o Ben Affleck, só que mais gostoso.

— Eu não queria assustá-la. Vi você ali, parada, e a sua beleza estava muito além da de qualquer modelo. Eu tinha que beijar sua pele dourada. Você deve ser a *minha Mia* — ele disse. Os olhos cor de caramelo me esquadrinharam da ponta dos cabelos até os saltos das botas. Por sinal, eu queria jogar essas botas longe assim que conseguisse libertar meu tornozelo, que inchava rapidamente.

Apoiei o pé machucado no chão para fazer um teste rápido. A dor atingiu o tornozelo, irradiando pela perna. Gritei e agarrei os antebraços do homem, enfiando as unhas em sua carne.

— Meu Deus, você se machucou de verdade!

— Não diga. — Revirei os olhos quando ele passou os braços longos por baixo dos meus joelhos, me pegando no colo como se eu fosse uma princesa, e me levou até uma namoradeira. Mas não era uma namoradeira comum. O encosto era curvado, começando alto em uma extremidade e diminuindo até chegar à outra. Era o tipo de móvel que se vê em filmes românticos antigos, aqueles nos quais a donzela em perigo desmaia sobre ela com a mão na testa e um belo suspiro. Já eu estava rangendo os dentes, pronta para morder qualquer um que tentasse mover minha perna.

— Vou chamar um médico! — Um dos homens de preto disse ao estranho, que, a essa altura, eu imaginava ser meu cliente.

— Não, *ce n'est pas nécessaire* — meu protetor respondeu rapidamente, em um francês perfeito. — Entre em contato com o 3B. É uma médica amiga — continuou, com os olhos presos nos meus. — Você vai ficar bem, Mia — ele assegurou. Quando falou com aquele leve sotaque, pensei que eu fosse desmaiar. Senti um aperto forte entre as coxas. Homens com sotaque são insuportavelmente sensuais. Ok, a sensação pode ter sido causada pela dor intensa, mas eu tinha certeza de que era a primeira opção.

Em poucos instantes, uma mulher miúda entrou correndo, segurando o que parecia ser uma maleta de médico daquelas antigas. Ela se apresentou e me ajudou a tirar a bota sem que doesse ainda mais. Mãos abençoadas. Ouvi um riso abafado atrás de mim enquanto a médica examinava meu tornozelo. Olhei para meu cliente, que eu sabia ser Alec Dubois, embora ainda não tivéssemos nos apresentado.

— Que foi?

— Suas meias. Realmente encantadoras, *ma jolie* — ele terminou em francês, e isso foi sexy pra caramba, embora me irritasse ainda mais, porque eu não sabia o que significava. Poderia ser algo como "desajeitada" ou "idiota"; eu nunca saberia. Olhei para minhas meias natalinas e em seguida para a médica. Os lábios dela se curvaram, mas a mulher manteve a postura profissional enquanto me examinava. Dela eu gostei, mas o bonitão da câmera ainda estava sob avaliação.

— Bem, não está quebrado. Você sofreu uma entorse leve. Vou imobilizar o seu pé e ele vai melhorar em algumas semanas. Você precisa descansar, colocar bastante gelo, deixar o pé para o alto, acima do coração, sempre com a tala. Sugiro que use muletas para se movimentar — ela disse. Meus ombros caíram com a sensação de derrota. Eu odiava muletas. O mundo inteiro odeia muletas. Elas são um saco. Droga. Tudo o que eu não queria era que a pele ao redor das minhas axilas ficasse em carne viva ou tão ferida quanto o tornozelo, especialmente em um trabalho novo. Eu me perguntei se o homem desistiria da compra. O pânico invadiu meu coração quando pensei em meu pai e no dinheiro da próxima parcela. O que eu diria a Blaine se o francês não me quisesse mais?

— Vou cuidar muito bem de você, *ma jolie*. Não precisa se preocupar com nada. — Alec sentou-se ao meu lado, colocando um braço protetor ao redor da minha cintura e me puxando para perto, tão perto que era como se me conhecesse havia anos, e não alguns instantes. Definitivamente, ele não sabia o que era invasão de privacidade. Mesmo assim, aquilo foi bom e me deixou aliviada por saber que o cara não me mandaria para casa.

— *Retournez au travail.* — A instrução óbvia foi pontuada com alguns movimentos de braço antes que ele me levantasse como se eu não pesasse nada.

— O que foi que você disse? E o que está fazendo? — Eu me agarrei a seus ombros para não cair enquanto ele caminhava em direção ao elevador.

— Levando você para casa, para descansar. Deve estar exausta da viagem. E agora, com o tornozelo machucado, precisa se deitar. — Seus olhos eram gentis quando ele me encarou. — E eu falei para o meu pessoal voltar ao trabalho. — O sotaque estava mais forte agora, mas era óbvio que ele estava nos Estados Unidos havia muito tempo. Seu inglês era perfeito.

Bufei, mas me segurei a ele.

— Isso é tão estranho. Desculpe pela tinta e pela bagunça. Agora eu estou com o tornozelo torcido quando, supostamente, deveria ser uma musa espetacular.

— Ah, mas você é *muito spectaculaire*. Tem os melhores atributos, e as metades do seu rosto são imagens perfeitamente espelhadas — explicou, como se anunciasse algo surpreendente, embora eu realmente não tenha entendido nada.

Balancei a cabeça.

— Não sei o que você quer dizer com "imagens espelhadas".

Um dos homens de preto de Alec nos seguiu até o elevador, carregando minha única mala. Apertou o botão do décimo segundo andar, que era o último. Alec não respondeu à minha pergunta enquanto saíamos do elevador e eu era carregada para outro loft. Este tinha o mesmo estilo e tamanho do anterior, mas era completo, com cozinha, sala de estar e uma escadaria que presumi levar a um quarto. Não havia paredes, exceto no canto, onde existia uma porta. Se eu fosse uma mulher de apostas, coisa que sou — meu pai me ensinou tudo o que sabe sobre jogos de azar —, apostaria que atrás daquela porta havia um banheiro.

Ele me levou até lá e, sim, era um banheiro. Fui até a pia pulando em um pé só quando ele me soltou. Do nada, minha mala apareceu e Alec a vasculhou, puxando uma camiseta e um short de pijama.

— Aqui, vista isso. Vou pegar algo para você colocar a roupa suja. — Em instantes, ele voltou e me entregou um saco plástico. — Tudo bem? — perguntou, com a mão sobre a maçaneta.

— Sim. Obrigada. — Senti o rosto esquentar enquanto ele fechava a porta.

Idiota, idiota, sua desajeitada idiota! O mais rápido possível, joguei no saco o jeans e a camiseta cobertos de tinta e vesti a roupa limpa. Quando terminei, lavei toda a tinta que consegui ver no meu corpo. Eu precisava de um banho, mas agora tinha que resolver as coisas com meu cliente, avaliar seu estado de espírito e saber se ele estava com raiva de mim.

Quando abri a porta do banheiro, ele estava lá e me pegou no colo novamente.

— Oooops! — Engoli em seco quando ele me carregou e me colocou sentada num sofá de veludo no tom mais profundo de roxo. Tão escuro que era quase preto, mas, se você passasse a mão sobre ele, as fibras se moviam e deixavam um tom mais claro, de berinjela. Assim que me acomodei confortavelmente, com o pé sobre o pufe à minha frente, Alec se sentou, puxando meu tornozelo dolorido para seu colo. Inclinei-me para a frente e segurei as laterais da minha perna, sem saber como responder a um homem que me tocava com tanta liberdade.

— Vamos à sua pergunta sobre imagens espelhadas?

Assenti e mordi o lábio. Ele levantou a mão e traçou o centro do meu rosto com o dedo. Partiu da linha dos cabelos, passou pela testa, por cima do nariz, entre os lábios e parou no queixo. Um arrepio percorreu meu corpo com aquele toque morno, ou talvez tenha sido a maneira sensual como ele me olhou, como se eu fosse a mulher mais linda do mundo. Wes me olhava assim. Droga, Wes me fazia *sentir* assim. Uma pontada de culpa me atingiu, mas eu a afastei. Wes e eu não éramos um casal. Amigos coloridos, certamente... com a esperança de algo mais. Um dia, talvez. Não agora.

— Se você cortar o seu rosto aqui, bem no meio — ele traçou minha face com a ponta do dedo, o olhar aparentemente perdido nessa tarefa —, cada lado vai espelhar o outro.

Fiz uma careta.

— Isso aconteceria com o rosto de qualquer pessoa.

Sua mão pousou em minha bochecha, os longos dedos se entrelaçando em meus cabelos escuros, segurando minha nuca.

— Sim, *ma jolie*, mas o rosto das outras pessoas não é simétrico. O seu é perfeito. Igual dos dois lados. Nenhum lado é melhor ou pior que o outro. Isso é incomum. Surpreendente. Você é única. — Alec estava muito perto de mim e pressionou um beijo quente em minha bochecha. — Amanhã nós começamos a trabalhar, *oui*? Hoje, descanse. — Ele colocou meu tornozelo inchado sobre o pufe novamente, depois de arrumar um travesseiro embaixo dele. — Tenho coisas a fazer agora — anunciou, movendo-se como se já estivesse distraído com as tarefas que tinha pela frente.

Cara interessante esse Alec Dubois.

Durante toda a tarde, sem disposição para enfrentar as escadas até o andar de cima do loft em uma perna só, tentei caminhar por ali, cochilei, liguei para minha melhor amiga, Ginelle, e avisei a tia Millie que tinha chegado. Tanto Gin quanto tia Millie acharam hilário o fato de eu ter torcido o tornozelo e estar presa, à mercê de um artista francês sensual. Gin me chamou de vaca sortuda, e tia Millie encerrou a ligação com um "Divirta-se, boneca".

Ouvi a campainha do elevador e o barulho do metal quando as portas foram abertas. Eu não conseguia ver nada de onde estava, no sofá, mas nãc precisei esperar muito. Alec atravessou a sala carregando muletas e uma embalagem branca de restaurante delivery, com um cheiro delicioso de comida chinesa. Sem demora, colocou o pacote sobre a mesa de centro e encostou as muletas na lateral do sofá. Em seguida, veio para o meu lado e se sentou.

Antes que eu pudesse abrir a boca, Alec segurou meu pescoço com as duas mãos, os polegares sobre minhas bochechas, e deu um beijo em cada uma. Seus lábios estavam quentes, e continuei a sentir seu calor muito tempo depois de ele ter se afastado para olhar em meus olhos.

— Como você está, *ma jolie*?

— Hum... Bem, eu acho. — Pisquei e ele sorriu. — O que quer dizer *ma jolie*?

Os lábios de Alec se curvaram quando ele inclinou a cabeça de lado. Esticou a mão e afastou da minha testa uma mecha de cabelo, colocando-a atrás da orelha. O ar ao nosso redor era denso, prometendo alguma coisa que eu não sabia nomear.

— Significa "minha bela".

— Ah, certo — sussurrei, incapaz de desviar o rosto daqueles olhos castanho-dourados.

— Com fome? — ele perguntou, o sotaque se acentuando.

Assenti com a cabeça. Minha garganta secou enquanto o observei se levantar, entrar na cozinha e voltar trazendo pratos e utensílios para servir, antes de se sentar bem perto de mim. O lado inteiro de seu corpo estava colado ao meu. Se eu me afastasse, ele perceberia, e eu não queria causar outra má impressão em meu cliente. Então, suportei seu calor. E seu cheiro. Aquele cheiro seria a minha morte. Era uma mistura de tinta fresca e Hugo Boss. A única razão para eu conhecer a fragrância era o fato de ter trabalhado em uma loja de perfumes num shopping em Las Vegas. Me faziam pulverizar todo tipo de porcaria nos clientes. Tanto que, quando eu saía da loja, parecia um saco de pot-pourri ambulante. O Hugo Boss tem um cheiro gostoso de homem que parece penetrar em minhas narinas e atingir o alvo na área entre minhas pernas.

Fazendo um esforço, tentei me afastar um pouco. Alec olhou para mim e piscou enquanto servia chow mein e frango xadrez num prato.

— Espero que você goste de comida chinesa. — Estendeu-o para mim.

Segurei o prato com avidez, levando-o para perto do rosto, fechei os olhos e inalei o aroma celestial de frango, molho e macarrão fumegante. O cheiro era tão bom que me deu água na boca, e eu gemi. Quando olhei para ele, Alec tinha parado de se servir e estava me encarando. O que vi quase me fez engasgar.

Os olhos dele estavam em chamas. O desejo era visível. Ele nem tentava esconder.

— Sua beleza é impressionante. — Ele tocou minha bochecha e a segurou. Inadvertidamente, curvei o rosto na palma de sua mão, selando a conexão. Fazia apenas alguns dias, mas eu sentia falta de um toque masculino. Alec traçou meu lábio inferior com o polegar e sua voz ficou rouca. — *Tu est un cadeau de Dieu au monde.*

— O que significa?

— Um presente de Deus para o mundo. É o que você é. E eu pretendo mostrar a todos a glória desse presente.

Alec acha que eu sou um presente para o mundo. Um belo presente.

Não fui capaz de responder. Não quando ele deixou seu jantar de lado. Nem quando pegou meu prato e o colocou sobre a mesa. Muito menos quando se inclinou em minha direção até que estivéssemos a pouquíssimos centímetros um do outro. Mas respondi no momento em que meu cérebro, exausto, registrou seu beijo.

Quente, macio e doce. Sua boca roçou a minha antes que ele sugasse meu lábio inferior e passasse a língua ao longo da pele sensível. Isso foi o máximo que aconteceu antes que eu agarrasse seu pescoço e o puxasse para mais perto. Meus dedos tentaram se entrelaçar em seus cabelos. Não desisti quando me deparei com um elástico. Puxei-o até que cedesse, e um cabelo grosso, cheirando a limão, caiu em ondas contra meu rosto, envolvendo nosso beijo no refúgio das mechas longas. Alec segurou meu queixo e virou minha cabeça para o lado, deslizando a língua para dentro e para fora, descobrindo o que me fazia arrepiar, gemer e morder. E foi o que eu fiz. Mordisquei seus lábios como um animal faminto faria com um bife. Ele não pareceu se importar. Em certo momento, tive certeza de que ele rosnou — sim, rosnou —, tornando o beijo impossivelmente mais profundo.

A excitação rugiu através do meu corpo, e eu enrijeci, querendo trazer Alec para mais perto, precisando dele. Quando tentei me deitar no sofá para que ele ficasse em cima de mim, Alec se afastou. Sua testa descansou contra a minha.

— *Très jolie fille* — ele sussurrou, no idioma que estava rapidamente se tornando uma tara para mim. Não que antes não fosse, mas, depois que tive seus lábios nos meus e sua língua em minha boca, aquelas palavras acariciavam meus sentidos tão facilmente quanto eu imaginava que seu toque faria. Com vigor, desejo e luxúria. — Calma, *chérie*. — Seu tom era um murmúrio e um bálsamo para o calor que ardia dentro de mim. — Vai haver tempo de sobra para nós nos conhecermos fisicamente. Eu quero aproveitar você, antecipar o seu sabor na minha língua, a sua pele suave na ponta dos meus dedos, o seu corpo na minha tela.

Eu me afastei e nossos olhares se prenderam.

— Uau. — Mordi o lábio e engoli em seco. Ele sorriu.

— Acho que "uau" é um eufemismo. Vamos comer e conhecer um ao outro em todos os níveis. Só assim a manifestação física da nossa união vai ser tão doce quanto possível.

Alec Dubois era um cara bizarro. Quem fala assim? "A manifestação física da nossa união"? Ele deve ter passado muito tempo lendo o Yahoo! Respostas.

— Você é um cara estranho — falei, antes de pegar meu prato. Apoiei-o no colo e abocanhei uma grande garfada de macarrão. Dos deuses! Quase tão bom quanto o beijo que acontecera minutos antes.

Alec inclinou a cabeça para trás e gargalhou. Viu? Totalmente estranho.

Ele pegou seu prato e se serviu, depois se recostou no sofá, colocou os pés ao lado dos meus no pufe, virou a cabeça para o lado e olhou para mim.

— Ah, meu doce. Você não faz ideia, mas em breve vai saber. Vamos comer.

Impresso no Brasil pelo Sistema Cameron da Divisão Gráfica da
DISTRIBUIDORA RECORD DE SERVIÇOS DE IMPRENSA S.A.